요셉과 마리아

Josef und Maria   Peter Turrini

Josef und Maria

by Peter Turrini

독일현대희곡선 11 총서 기획 이정준

요셉과 마리아

페터 투리니 지음 | 김종희 옮김

성균관대학교출판부

지난 1999년 4월에 발간된 독일현대희곡선 I이 1890년경부터 1980~90년대까지의 극을 소개했던 것에 비해 이번에 발간되는 독일현대희곡선 II는 좀더 최근의 경향에 집중하고자 1960년대 이후부터 최근 2000년경까지 발표된 극을 선별하였습니다. 물론 이 두 희곡선 사이에 시대적으로 중복되는 부분이 있기는 하지만, 보다 다양한 작품을 소개하기 위해서 두 희곡선 사이에 작가가 중복되지 않도록 했습니다. 이 두 희곡선이 발간됨으로써 19세기 말부터 20세기 전체를 아우르며 독일 언어권 전체를 포괄하는 희곡선이 탄생했다고 하겠습니다. 다만 번역 실행 단계에서 롤프 호흐후트Rolf Hochhuth의 『대리인 Der Stellvertreter』(1963년 초판 이후 2002년 현재 35판)이 본 희곡선 기획에는 무리할 정도의 두꺼운 분량인 360여 쪽이어서 다른 작가로 대체된 것이 못내 아쉽기는 합니다.

드라마는 어떤 특정 시대와 사회를 대표하는 기능이 있습니다. 당면한 근본 문제와 갈등이 무대 위에서 묘사되고 표현되며, 또 관중들도 그것을 근본적이면서 중요한 것으로 인지하고 동의하기 때문에 그렇다고 말할 수 있을 것입니다. 설령 지적된 문제에 대하여 동의하지 않아 스캔들이 발생하기도 하지만, 기획자는 그것 자체가

문제를 인지하고 동의해가는 과정이라고 생각합니다. 이렇게 드라마가 '시대의 거울'이라는 점에서 독일 현대 희곡을 선별하여 소개한다는 것은 독일 현대 사회와 그 정신문화를 조명해 알리는 작업의 일환이라고 하겠습니다. 독일현대희곡선 I과 II는 20세기 독일 언어권 드라마의 경향을 이해하고, 그것을 통해 그 사회와 문화를 이해하고자 하는 데에 궁극적인 목적을 두고 있습니다. 모두 서른아홉 작가의 42편 작품 모두가 그때그때의 대표적 작품이라고 할 수는 없을지라도 이 작품들로 예술가들의 눈에 비친 20세기 독일어권의 여러 다양한 단면과 그 특성이 그려지리라 확신합니다.

일정 기간 동안의 한 문화를 소개하겠다는 목적을 가진 기획이기에 작품 선정의 기준과 그것의 적절성이라는 문제가 제기될 수 있을 것입니다. 더욱이 이런 기획이 한 사람에 의해 이루어질 때에는 더욱 그러할 것입니다. 외국의 모습을 우리의 눈으로 우리의 감각에 맞게 선별적으로 비추어볼 수도 있겠고, 기획자 손에 닿는 대로 작품을 선정할 수도 있을 것입니다. 그러나 기획자는 가능한 한 치우침 없이 있는 그대로 다양하게 전하여 소개하는 것을 번역 기획의 덕목으로 삼았습니다. 그래서 지나친 임의성을 피하기 위해 그동안 독일 문화권의 극장계에서 문제되었던 작품들을 발굴

하는 것이 관건이었는데, 그것을 위해서 독일 연구서들의 도움을 받을 수밖에 없었습니다. 사실 거론된 그 작품들 하나하나를 읽고 연구하여 최종 선별해야 함이 원칙이겠지만, 그러기에는 기획자 한 사람의 능력으로는 힘이 모자라 이 역시 기존 연구서를 참고하는 것 외에는 별다른 방도가 없었습니다. 특히 최근에 발간된 『20세기 독일 희곡 작가 *Deutsche Dramatiker des 20. Jahrhunderts*』 (Hrsg. v. Alo Allkemper und Norbert Otto Eke. Berlin: Erich Schmidt Verlag, 2000)를 기본서로 하여 작가와 작품을 선정하였습니다.

벤야민은 번역이란 정보 제공의 의미를 넘어 원본의 새로운 부활을 의미한다고, 즉 그 작품에 새로운 삶을 제공하는 일이라고 말한 바 있습니다. 이러한 의미에서 독자 역시 번역물에서 단순히 새로운 것을 만나는 기쁨만을 얻을 것이 아니라, 그 속에서 독특한 문학의 맛까지 느낄 수 있었으면 좋겠다는 욕심도 내어보았습니다. 번역에는 반드시 오역이 따르기 마련이기는 하지만, 이것을 옥의 티로 눈감아준다면 발간되는 번역 작품들이 이러한 욕심을 만족시켜 주리라 믿어 의심치 않습니다.

또한 독일 드라마에 대한 새로운 연구의 출발점이기도 한 이 번역 기획은 우리 학계와 연극계에 독일 연극에 대한 다양하고 심도 있는 담론 형성의 기회를 담보하고자, 독일 희곡 전공자들 중에서 지난 독일현대희곡선 I에 참여했던 분들을 제외하여 이 두 희곡선의 번역자 수를 최대한 확장하였습니다. 유감스러운 것은 이번 기획도 20권이라는 한정 때문에 많은 훌륭한 전문가들을 모두 번역자로 모시지 못했다는 점입니다. 아직은 어렴풋이나마 구상 중인 독일근대희곡선 I, II, III에서는 그 분들을 모실 수 있으리라 기대해봅니다.

어려운 여건 속에서도 독일현대희곡선 기획을 두 번씩이나 채택해준 성균관대학교 출판부에 감사를 드리며, 또 어렵고 불만스러운 상황 속에서도 기꺼이 번역에 응해주신 선생님들께 심심한 감사의 말씀을 드립니다.

2003년 7월
총서 기획자 이 정 준

요셉과 마리아

이
작품에
관하여

도시에는 가끔 보도 위에 죽은 사람들의 소유물이 놓여 있다. 이런 '유물'들은 '유물거래업자'들에 의해 실려 창고로 가고, 다른 사람들의 '유물'들과 섞여 모든 개인적인 것들이 없어진다. 시민학교 성적, 야전 우편카드, 기록문서에 나타난 이 인간들의 추억과 감정들이 매일 계속해서 파지로, 쓰레기로 변해간다. 내가 이런 일에 마주치게 되면서, 얼마 전부터 이런 인간들의 삶에 대하여 더 많이 알고 싶어졌고, 마치 그들을 궁극적 파산에서 구제할 것처럼 그들에 대한 이야기를 상상하게 되었다. 이런 관심은 역사적인 영화 시리즈 〈알프스 전설〉에 대한 조사 착수에서 시작되었다. 나와 동료 페브니는 이 작업을 시작할 때 고착된 사건을 상상했고, 필요한 전기를, 인간적인 보존용 견본을 찾는 오류를 범했다. 우리가 죽은 사람들이나 혹은 아직 살아 있는 사람들에 대해 아는 것은, 생각할 필요도 없이, 마음속에 품은 대로 표본할 수도 없고, 다루기도 힘들고 모순투성이이고 불합리하고 우스꽝스러운, 한 마디로 대단한 것이다. 작가로서의 나의 작업은 점점 더 인간 생존의 모순 속으로 끼어드는 것이라 생각된다. 나는 인간들에 관한 한 점점 의견이 적어지는 만큼, 그들을 알고 표현하는 데 점점 더 큰 관심이 간다. 나이 든 사람들의 사회가 갖는 상이, 노인들 스스로에 의해 결정되는 일은 드물다. 광고가 그들을 '특수 구매자층'으로서 발견하고 텔레비전이 그들을 즐거운 '노년들'로 만들며, 학문적인 사회학까지도 노인들에 대한 기존의 관점을 답습한다. 즉, 그들이 혜택받지 못한 소수층이라는 것을.

나는 노인들에 '대한' 작품을 쓰고 싶지 않았다. 나는 그들의 이야기, 그들의 추억을 수용하고 받아들이고 싶었다. 희곡 작가로서의 나의 과제는 이 사건들을 선택하고 정돈하며 두 노인들을 극적 상황으로 데려오는 데 있는 것이다.

페터 투리니

크리스마스. 백화점. 두 노인네. 한 분은 청소 아줌마 그리고 한 분은 야근 수위. 그들은 고독을 극복하고 사랑을 감행한다.

이 단순한 이야기의 오목거울 속에서, 투리니는 이 시대의 외상을 정확히 표현하고 있다: 성장, 광고, 소비, 업적, 억압, 고독하게 만듦. 이 테러적 진보 개념의 논리적 연결고리.

그리고 그의 사람들에게 부드럽게 대해줄 용기가 있다. 그리고 유머를 가질 용기도 있다. 그리고 이야기를 긍정적으로 끝내도록 할 용기도 있다. 두 늙은 표범이 뒤늦게 청춘의 사랑을 이룩함을.

그리고 이 모든 것을 하나의 대화로 이야기한다. 이 대화는 〈알프스의 전설〉에서의 경험을 통해 얻어서, 실제로 영화가 이미 오래전에 획득한 사실주의를 마침내 연극적인 방법으로 연극에 부여한 것이다: 불연속적인 연상에 의한 억양 생략의 대화. 깊이는 표면에 놓여 있다(헤라클레이토스). 그것(깊이)을 투리니처럼 그렇게 투명하게 만들 수만 있다면.

텍스트는 환상을 만들고 역할을 정하기 위해서 연극인들이 정확할 것을 강요하고 있다. 절대로 편안한 연기 먹잇감이 아니다.

그는 관객에게 사실적인 이야기를 전해줄 뿐, 어떤 처방전도 설명도 해주지 않지만, 보고 발견하고 느낄 수 있는 가능성을 가져다준다. 그리고 희망을. 우리에겐 이런 작품들이 더 많이 필요하다.

게르트 하인츠 (초연의 연출가)

이 작품의 시간은 12월 24일 저녁이다. 시간

큰 백화점의 매장. 장소

등장인물

마리아,
65세, 청소부

요셉,
68세, 경비보안회사에서 일함.

무대장치

나는 두 가지 구상을 하고 있다. 첫번째는 고대 로마의 투우장 같은 무대. 가운데는 매장이 조립되어 있고 산더미 같은 물건들이 크리스마스의 현란한 화려함으로 빛나고 있다. 이 작품의 시작 즈음에 관객들은 이 매장을 지나서 무대의 왼쪽과 오른쪽에 있는 좌석에 자리를 잡는다. 두번째는 요지경 같은 파노라마 무대다. 막은 처음부터 열려 있어야 한다. 무대 위의 매장은 자연주의적으로 모방되어서는 안 된다. 나는 환상적인 배치(진열)를 구상하고 있는데, 그것은 물건이 공급과잉되고 거리낌 없이 유치한 것들로 크리스마스의 느낌을 한껏 자아내는 것이다. 병들, 깡통들, 구유들, 침대, 거울, 천사, 고기, 전등… 모든 것이 서로 섞여 쌓여 있다.

상연을 위하여

나는 연출가들에게 이 작품에서 두 사람을 기괴한 타입으로 만들지 않도록 부탁드린다. 그들이 우스운 일을 우스꽝스럽게 만들어서는 안 되며, 슬프고 비극적인 것을 슬프고 비극적으로 연기해서는 안 된다.
이 작품에서 두 노인은 이미 오랫동안 계속되어온 그런 것들이 당연하다는, 그런 태도로 살고 있다. 이 당연성과 이것을 깨뜨리려는 시도가 이 작품의 테마인 것이다.

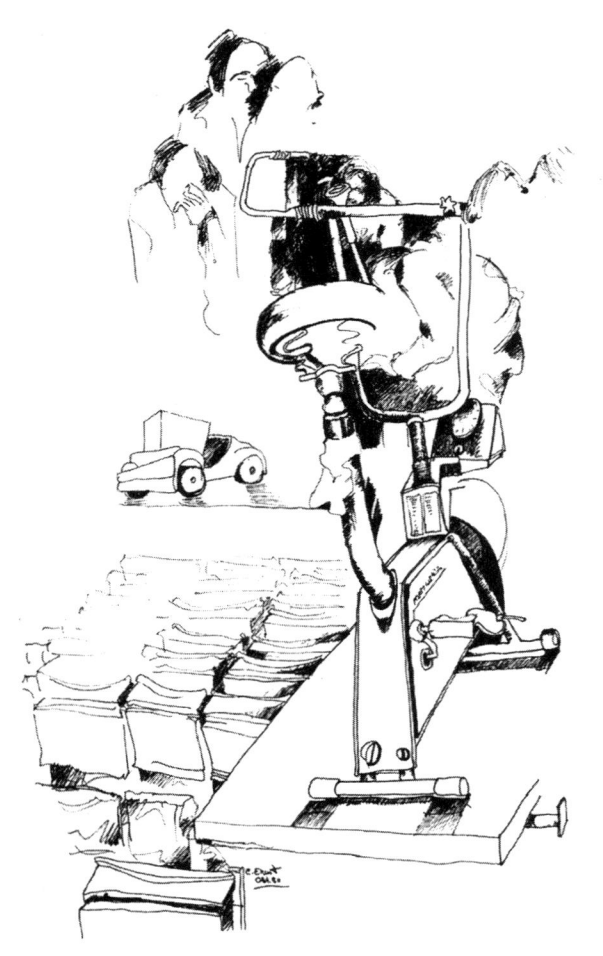

무대, 매장, 물건들이 크리스마스의 화려한 광택 속에 빛나고 있다. 햄, 예수 그리스도, 가구, 병, 목동들이 여러 가지 색깔로 빛을 발하고 있다. 무대 배경에는 '음성조정실' 이라는 문패가 붙은 문이 보인다. 관객들이 자리에 앉는 동안 확성기에서 광고방송이 들린다.

원문의 제안 Textvorschlag

일등급 롤햄 킬로당 단지 36마르크 80페니히, 지방이 적은 헝가리산 크리스마스 거위는 별도로 킬로당 19마르크 80페니히.

여러분의 가정용 식탁을 크리스마스답게 색색가지의 분위기 초로 장식하십시오. 크리스마스 초 대신 촛농이 없는 샹들리에 받침대 개당 90마르크. 10개 들어 있는 한 묶음을 사시면 35마르크를 절약하게 되고, 이렇게 하면 꼭 필요한 나이프와 포크 또는 뼈 자르는 톱을 갈아 끼울 수 있는 전기로 된 닭 자르는 칼에 일회 불입금이 넣게 되고, 그러면 가정에서 누구든지 모두 부드럽게 잘 자른 고기 조각을 먹게 됩니다. 크리스마스 시즌에는 각 가정 살림에 이 기계가 없어서는 안 되지요. 전기나 배터리로 켤 수 있는 크리스마스 구유, 아기 예수, 마리아, 요셉, 세 동방박사, 양 세 마리, 나귀 두 마리. 모든 게 깨지지 않는 플라스틱 재료로 되어 있어 물로 씻을 수 있고, 그 위에는 전기로 켜는 베들레헴 별이 군데군데 빛납니다. 구유는 세 가지 크기가 있습니다. 작은 구유는 애가 없거나 어린 아기가 있는 젊은 부부들에게, 중간 구유는 한 살 내지 세 살 정도 된 약간 큰 아기가 있는 부부들에게 그리고 큰 구유는 나이 드신 부부들 그리고 대가족에게, 마지막으로 자녀분들이 이미 가정을 꾸리신 노부부에게는 다시 작은 구유를 추천합니다!

(크리스마스 음악. 음성 장치 속에서 잠시 삑 소리가 난 후 확성기에서 다른 목소리가 들린다)

알려드립니다. 종업원 방송입니다. 알려드립니다. 종업원 방송입니다. 인사부장입니다. 저는 신사 숙녀 고객분들에게 서비스하는 여러분의 꾸준한 노력에 대해 회사측의 이름으로 감사드리며 여러분과 여러분의 가정에 즐겁고 활기찬 크리스마스 축제가 되시기를 기원합니다. 회사는 여러분에 대한 존경심의 표시로 종업원 출구에서 품질 좋은 브랜디를 드리도록 하겠습니다. 이 사은품은 서점의 종업원이나 비정규직 청소부 아줌마들, 그리고 외국인 근로자들께는 드리지 않습니다!

(크리스마스 음악. 조명이 천천히 바뀐다. 찬란히 빛나는 조
명에서 차가운 네온 빛으로 바뀐다. 정적. 한 나이 든 여인이
무대 위로 나온다. 그녀는 분명 미장원에 다녀왔고 화장을
했고 외투를 입었으며 손에는 커다란 종이봉투를 들고 있다.
그녀는 소파 쪽으로 가서 종이봉투를 내려놓는다. 그녀는 크
리스마스 포장지로 싼 꾸러미 세 개를 종이봉투에서 꺼내어
소파 위에 놓는다. 그녀는 외투, 신발, 옷을 벗는다. 그곳에
속옷 차림으로 서 있다. 그녀는 종이봉투에서 작업복, 작업
신발, 두건을 꺼내어 다시 입고 쓴다. 처음에는 옷을 그리고
신발을, 그리고 청소부 아줌마 모양으로 수건을 머리에 맨
다. 그녀는 외투에서 돈지갑을 꺼내어 작업복 주머니에 넣는
다. 거울 속에 그녀의 모습이 보인다. 그녀는 거울 쪽으로 가
서 얼굴을 들여다보고 휴지를 꺼내어 침을 묻혀 얼굴의 화장
을 지운다. 그녀는 소파로 가서 크리스마스 꾸러미 세 개를
들여다본다. 그녀는 옷과 꾸러미 세 개를 종이봉투 속에 넣
고 무대 뒤쪽으로 간다. 정적)

(그녀는 솔과 물통 그리고 청소 걸레들을 가지고 다시 무대
위로 나온다. 일을 하기 시작한다.

젖은 걸레로 바닥을 닦는다. 정적)

(그녀는 진열 선반 앞에 서서 일하는 걸 중단하고, 마치 누가 있는지 살피는 듯 주위를 둘러보고는 진열 선반에서 브랜디 한 병을 꺼내어 관찰한다. 그녀는 병을 진열 선반 옆에 놓고 계속 일한다. 음성조정실 앞의 바닥을 닦는다. 일하는 걸 중단하고 주위를 둘러본다. 음성조정실 안으로 들어간다. 정적)

(확성기에서 '삑' 소리가 들린다)

여자 목소리 비정규직 청소부 아줌마들께는 사은품을 드리지 않습니다. 마치 우리 같은 사람들은 일하지도 않은 것처럼. 어떻게 된 건지 제가 사실을 알려드리겠습니다.
(정적)
빌리.
(정적)
빌리? 네 엄마다. 내 목소리 들리니? 즐거운 성탄을.
(정적)
네 처에게 그리고 네 작은 아들에게도. 나는 너희 모두에게 아주 아름다운 성야聖夜가 되기를 기원한다.
(정적)

빌리! (거의 소리지르며―) 빌리!

(경비보안회사의 제복을 입은 나이 든 한 남자가 무대 위로 나온다. 그는 목에 가방을 메고 있고 열쇠꾸러미를 손에 들고 있다. 그는 확성기에서 나오는 여자의 목소리를 듣고 주위를 둘러본다)

여자 목소리 빌리! 빌리!

경비보안 회사의 남자 (큰 소리로) 굉장히 큰 여자 목소리군. 웬 목소리지?

(정적. 청소 아줌마는 빨리 음성조정실에서 나와 솔을 들고 계속 일한다)

여자 아무도 없군. 자, 나밖에 없단 말이야, 마리아라는 여자.

남자 허지만 정말 크게, 확실히 들렸는데.

마리아, 청소부 틀림없이 잘못 들으셨겠죠.

남자 내 귀는 이상이 없는데. 내 나이 또래의 사람들보다 더 잘 들리는데요. 오늘 일하세요?

마리아 임시고용이에요.

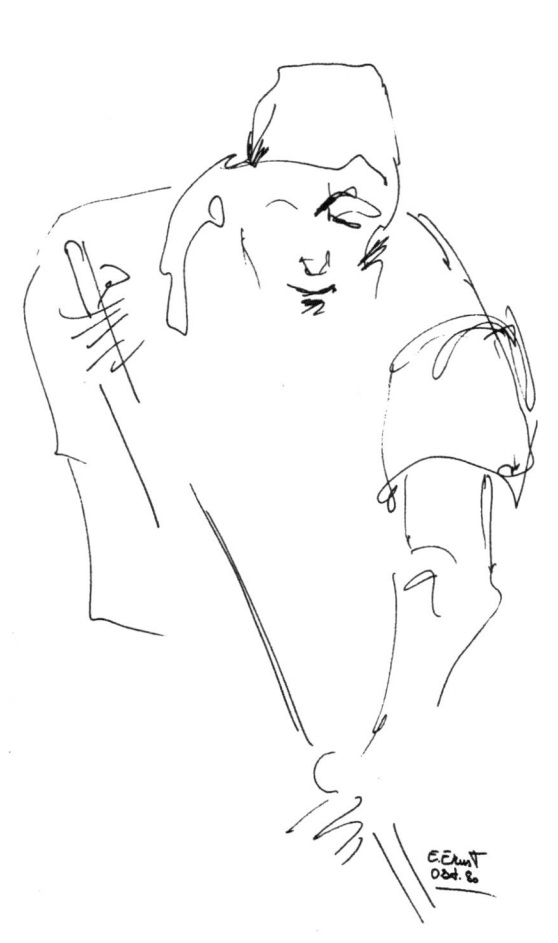

(남자는 약간 당황하여 그곳에 서 있다. 침묵. 마리아는 일한다)

남자   그럼 나는 어쨌든 다시 가봐야겠군. 안녕히 계세요.

마리아   네네.

남자   하지만 물어볼게요. 댁은 (오늘) 저녁 하루 종일 여기
계실 건가요?

마리아   아니에요. 아니에요. 내 아들과 며느리가 벌써 나를 기
다리고 있어요.

남자   그렇다면 소위 말해서 크리스마스이브를 가족들끼리
지내십니까? 나는 이에 관해서는 28년도부터 자유사
상가입니다.

마리아   내 며느리는, 말하자면 잉어 요리를 하고 있어서 내가
너무 늦게 들어가면 아주 불쾌해 하지요.

(정적. 마리아는 일한다)

남자   왜 하필 내가 28년도에 대해 말하는가 하면 그 당시 나
는 10구역에 있는 괴르츠 안경점에서 유리 연마공으로
일하고 있었는데, 사회주의자인 우리 동료 토니 제드
라첵이 논쟁을 벌일 때에 내게 말했어요.
"요셉, 그리스도의 모든 모습은 역사적인 사실이 아니

야. 그에 관한 것은 아무것도 없다고. 기록된 것도 없고, 그린 것도 없고, 만들어 놓은 것도 없고, 파서 새겨 넣은 것도 없고…"

(정적. 마리아가 그를 바라본다)

마리아 그녀(며느리)는 자기 가게에서 생선을 가져가는데, 그 가게는 원래 내 아들 것이지만, 세무상 그녀의 명의로 되어 있지요.

요셉 흥미 있다면 내가 계속해서 설명해 드릴 수 있지요. 그 당시 로마시대와 유다시대의 모든 유명한 역사 기록자들은 그에 관해서 끝까지 침묵을 지켰습니다. 플라비우스가 그리스도에 관해 한 마디라도 기록했습니까, 아니면 코르넬리우스, 혹은 리비우스, 아니면 타키투스가? 그분은 자기 자신에 대해서 아무것도 기록하지 않았고, 다른 사람들 역시 그분에 대해 아무것도 쓰지 않았고… (그는 웃는다) 이 모든 신에 대한 상상은 정신병자(장애자)를 위한 하나의 정신적 목발 외에 아무것도 아닙니다.

(마리아는 몸을 돌려 계속 일한다. 요셉은 아무 말없이 그곳에 서서 그녀를 관찰한다. 마리아는 걸레를 짠다. 요셉은 재

빨리 그녀에게 가서 걸레를 빼앗아 짠다)

요셉   허락하신다면 그리고 내가 일하는 데 방해가 안 된다면.
마리아 곧 끝나는데요.

(마리아는 계속 일한다. 요셉은 그녀 뒤를 조금 따라간다. 그
는 홀 안에서 주위를 둘러본다)

요셉   이렇게 가득 차고 이렇게 텅 비었군.

(그는 마리아가 선반 옆에 세워둔 브랜디 병들 위로 발을 헛
디딘다. 그는 병들을 세우고 그녀를 바라보고 설교 조로 혼
자 말한다)

요셉   빌어먹을 알코올, 난 녀를 알게 되었지. 나의 양아버지
는 백정이었고 나중에는 관청 보조자였는데 항상 글씨
를 잘 쓰는 것이 중요하다고 생각하셨지. 1914년 민중
대학살이 시작되었을 때 그는 알코올을 시작했지. 그
는 군에 입대할 필요가 없었다. 그는 어떻게 해서든지
면제될 수 있었다. 만일 맥주 일 리터가 식탁 위에 놓여
있지 않으면 일요일이 아니었을 정도였다. 맥주에서

포도주로, 포도주에서 럼으로. 럼이 섞인 차, 그러나 그
것은 차가 섞인 럼이었다. 숙박료를 지불하는 날은 항
상 우리에게는 끔찍한 날이었다. 야밤중에 그는 술에
만취되어 집에 돌아와서 양엄마를 때렸고 나는 어린아
이였지만 경찰한테 갔다. 경찰은 "너의 아버지는 공무
원이군. 그러면 크게 나쁜 일은 없을 거다" 하면서 다
시 나를 집으로 보냈다.

(그는 병들을 선반 안으로 세워 놓는다. 마리아는 그에게 가
서 병들을 선반에서 꺼내어 바닥 위에 놓는다)

마리아 당신 말을 끊지는 않겠는데. 가끔 혼자 있는 외로움을
위하여 한 모금. 하지만 모든 건 적당히.

(요셉은 병들을 다시 세운다)

요셉 나는 노동자 금주 연맹의 배지를 달고 다녔고 그 옆에
는 자유사상가의 배지를 그 밑에는 사회주의자의 배지
를 달고 다녔소. 나는 그 당시에 감정적으로뿐만 아니
라 정치적으로도 이미 터득했고 따라서 신실한 믿음
생활에서 탈퇴했지요. 존재하지도 않고 존재할 수도

없는 신은 나 같은 프롤레타리아의 동전 따위는 필요로 하지 않았지요.

(그는 병들을 다시 선반 안에 세운다. 마리아는 병들을 다시 꺼내어 선반 옆에 세운다. 요셉은 병들을 다시 들어올린다)

요셉   1934년 2월 13일에 나는 15구 경찰서에 초대받았고, 경찰서 경감은 내 웃옷에서 배지를 잡아떼었죠. 그래서 나는 파시스트들에게 소리쳤지요. "알코올 반대 운동이 벌써 금지되었나?" 나는 연극을 한 경험이 있기 때문에 그에게 내 의견을 멋지게 표명했지요.

(그는 병들을 선반 안에 세운다. 마리아는 그것들을 다시 꺼낸다)

요셉   (마리아를 바라보며) 하지만 그 연극 경험은 내게 아무 도움이 못 되었고, 결국 소란을 피웠다며 그가 나를 때렸지요.

마리아   (그를 바라보며) 사람들은 인생에서 지나치게 선량하지요, 자기 자식들에게도. 가끔 나는 생각해봐요. 가버리는 것이, 세상에서 가버리는 것이 더 낫다고. 인간들은

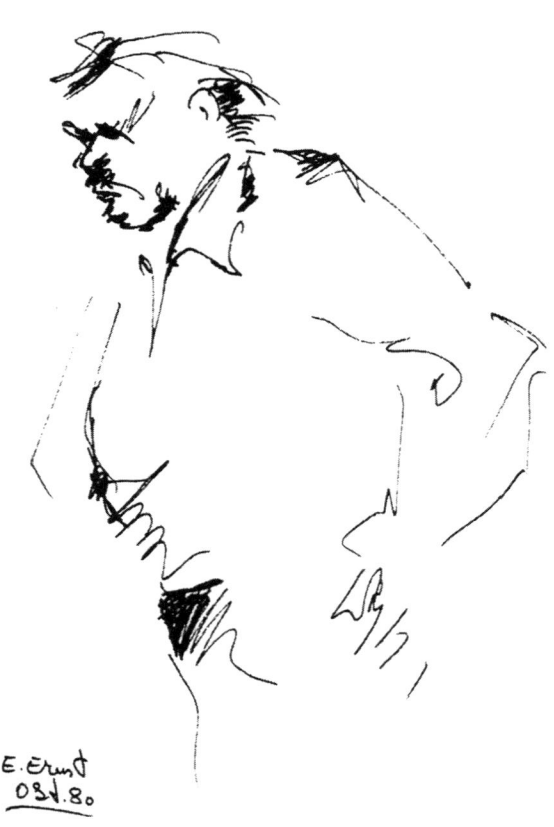

E. Ernst
03.V.80

돌볼 줄을 몰라요. 나는 사실이 어떤지를 말하고 있는 거예요.

(그녀는 병들을 내려놓고 계속 일한다. 요셉은 재빨리 그의 가방을 열고 신문 부록(『진실』)을 꺼낸다. 그는 그녀를 뒤따라간다)

요셉   자, 『진실』은 너무나 조금 구독되고 있군요. 이것은 개인적인 판단력이 없음인가요? 아니면 자본주의의 불행한 결과인가요? 아마 양쪽 다겠지요. 가끔 나는 꿈을 꿉니다. 자유사상가로서 꿈을 잘 꾸지는 않지만 꾸었다 하면 사람들이 『진실』을 서로 다투며 빼앗는 아름다운 꿈을 꾸지요. 지방자치단체 건물의 문과 창문들이 갑자기 열리고 모두들 『진실』을 향해 외치고, 나는 그렇게 밀어닥치면 안 된다고 말하고, 잠깐 사이에 나는 내 판매 포인트(득점)를 모아두게 되지요.

(마리아는 계속 일을 한다. 요셉은 그녀에게 『진실』을 내민다)

요셉   처음 석 달간 『진실』은 더 쌉니다.
마리아   당신 말을 자르지는 않을게요. 여성잡지에 87세라는 한 여인이 실려 있더군요. 그녀는 아들과 며느리가 자기에게 먹을 것을 주지 않기 때문에 하루 종일 배가 고프다고 썼더군요.

요셉 인류의 삼분의 이가 배고프다는 것은 『진실』에만 씌어 있지요. 시험 구독도 있어요.

마리아 항상 조언해주는 쉴러 의사는 그녀가 더 자세히 표현하든가 아니면 양로원에 가야 한다고 답장을 써주었지요.

(요셉은 잡지 『진실』을 펼친다. 그는 낡은 니켈 안경을 쓴다)

요셉 시적인 소질이 있는 우리의 동료 프릿츠 란들의 시범용 연습입니다. 이분은 도나우 강변에 있는 슈타인에서 나치의 앞잡이에게 살해당했습니다. 고요한 밤, 거룩한 밤, 나는 굶주리고 추위에 떨며 감시당하고 있었습니다. 이렇게 감옥에 혼자 누워 생각하면서 나의 사랑하는 사람들을 생각하고 미래와 현재를 생각하고 어린 시절을 되돌려 생각하고 청년에서 어른까지 내가 한 일들을 되돌려 생각했습니다. 참으로, 너 인류여, 너의 짐은 무겁고 인생은 근심과 고통으로 가득 찬 고해입니다. 시간은 인간 가슴 위에 혹독히 놓여 있고 어느 사람에게서는 희망을 앗아가고 다른 사람에게서는 기쁨을 앗아갑니다. 그러나 나는 시간이 없는 것을 서운하게 생각하고 싶지는 않습니다. 이는 우리의 힘을 강력하게 하고 우리의 양심을 예리하게 해줍니다. 오늘이 성탄일입니다. 사랑과 화해의 축제이나 내게는 마치 조소처럼 들립니다. 도대체 사랑이 어디 있으며 실천이 어디 있으며 싹튼 씨의 동화는 어디에 있습니까? 밤은 고요하고 밤은 거룩하고 나는 배고프고 추위에 떨고 잘 감시당하고 있습니다. 나는 이렇게 고향에 있는 나의 사랑하는 사람들을 그리움에 차서 생각하고 미래를 생각하고 무엇이 될지를 그리고 현존을 생각합니다. 그는 오른쪽 손에 소아마비가 왔고 결국 1940년 12월 24일에 왼손으로 시를 썼지요.

마리아 당신 말을 끊고 싶지는 않은데요.

(그녀는 앞치마에 손을 닦고 그녀의 지갑에서 신문 오린 것을 뒤적인다)

마리아 (읽는다) 나는 나의 마음을 털어놓고 싶어요, 하지만 아무도 나를 도와줄 수가 없어요. 며느리는 내 앞에서 식료품을(식품 보관 창고를) 잠가두어서 나는 아무것도 꺼낼 수가 없고 항상 배가 고파요. 내 친구들이 가끔 내게 커피 한 잔을 사지요. 며느리는 연금을 타요. 나는 87세예요. 나는 나의 지나간 날들에 대해 보상을 받은 건가요? 그래요, 이건 운명이에요.

(마리아는 쪽지를 지갑에 집어넣고 계속해서 일한다. 요셉은 『진실』을 그의 가방 안에 넣는다. 그는 그녀를 관찰한다. 그는 그녀의 손에서 걸레를 빼앗아 짠다)

마리아 가족들이 벌써 기다리고 있지요?

요셉 나는 나를 데려가는 사람에게 속한다는 처분과 함께 마가렛 육아 보육원에 맡겨졌습니다. 그리곤 브레스라우 지방에서 찾아온 다퀴케라는 부부가 나의 양부모가 되었지요. 법적으로 따지면 내 어머니는 단지 이모라는 명목으로만 나를 만나러 올 수 있었습니다.

마리아 내 아들은 아주 얌전하기도 하지만, 특히 그녀 앞에서는 완전히 순둥이가 된답니다. 그는 너무 살이 쪄서 침대에 누우려 했지요. 그러자 그녀가 새로 정리한 침대에는 안 되고 긴 소파에 누우라고 소리칩니다. 내 가슴이 찢어지는 것 같아서 소금 박힌 과자를 주었지요. 그녀는 그것마저도 빼앗아갑니다. 과자 부스러기 같은 것이 떨어지니까요. 당신은 평생 이렇게 사악한 여자를 보지 못하셨을 거예요.

(그녀는 그를 바라다본다)

요셉 당신 며느리는 분명 좋은 분이에요.

프리드만 박사는 톨스토이 추종자였고, 오타크링의 시민대학에서 성, 성생활 그리고 위생에 관하여 특강을 했었지요. 그는 구애와 그 비슷한 것을 이미 언급했지만, 순전히 의학적으로 말했어요. 1938년에 그는 미시간 주에 있는 디트로이트와 시카고 사이로 도망쳤어요. 1946년에 나는 그의 편지를 받았지요. 나는 그중 한 문장을 외워서 전해줄 수 있어요. 내 아들아, 그게 나란다. 그 당시에 나는 논리적으로 더 젊었지. 너의 사랑은, 착취당하고 학대받은 인류의 것이라고.

마리아 당신을 말리지는 않을게요. 그들은 지금 분명 같이 앉아 있을 테고, 그녀는 다시 양념을 많이 써서 요리하고 있을 거예요.

(침묵. 마리아는 일한다)

요셉 그럼 당신은 지금 곧 가봐야 되겠군요.

(침묵. 마리아는 기계적으로 바닥을 청소한다. 계속 같은 곳
만을)

요셉 가야 한다는 점을 제외하고는 그것 역시 흥미 있는 대
화군요.

(침묵. 마리아는 청소한다. 갑자기 그녀는 솔을 떨어뜨리고
간다. 요셉은 그녀 뒤를 따라간다)

마리아 그는 담낭염에 걸렸는데, 그녀가 그를 위해 다이어트
요리를 해준다고 믿는 건 아니겠죠. 나는 몰래 다이어
트 요리를 그의 생선가게로 가지고 갔죠. 그녀는 그 일
이후로 내게 전화를 하지 않지요.

(마리아는 선반에서 잔 두 개를 꺼낸다. 그녀는 선반 옆에 있
는 브랜디 병 쪽으로 간다. 요셉은 그녀 뒤를 따라간다)

마리아 하지만 나는 그녀에게 향수를 갖고 갔죠. 그녀를 위해
가장 비싼 향수를 그리고 그에게는 스웨터를, 아들에

게는 장난감 기차를 가져갔죠. 결국 그 모든 걸 문 앞에 놔두고 와야 했지만.

(그녀는 브랜디 병을 들고 소파 쪽으로 간다. 요셉은 그녀 뒤를 따라간다)

마리아   나는 그저 단순한 파출부예요. 나는 냉동 저장고를 하나 장만했지요. 그가 찾아올 경우, 내가 집에 뭔가를 가지고 있을 경우를 위해서죠. 그러나 그녀는 가장 값비싼 향수를 받지요, 내가 그녀에게 가지고 가야 해요. 그렇지 않으면 그는 지옥 같은 고통을 받지요.

(그녀는 소파에 앉아서 병을 열어 한 잔 따르고 높이 쳐든다. 요셉은 깜짝 놀라 그녀를 관찰한다)

마리아   보잘것없는 여인 마리아는 예의 바르고, 착하고, 깨끗한 여인. 내 옆에는 돈지갑도 놔둘 수가 있어요. 하지만 그의 신상에 무슨 일이라도 생기면, 그녀는 나라는 사람을 알게 되지, 그러면 모두가 이쪽을 보게 될 거예요. 내가 그를 도와줄 거라는 걸 알게 될 거예요!

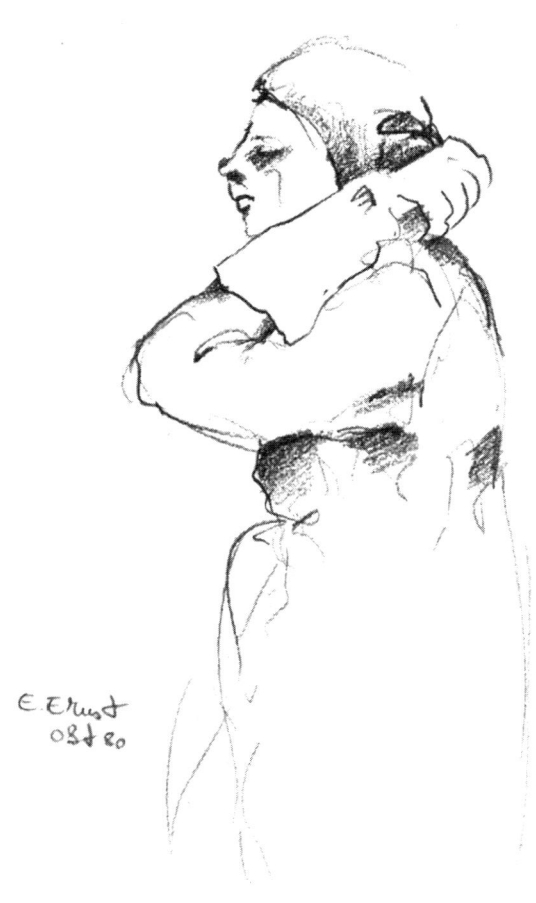

(그녀는 단숨에 잔을 마셔버린다)

마리아   내가 벌써 말했지요.

(그녀는 두번째 잔을 따라 요셉에게 내민다)

요셉   아니요, 아니요. 여러분들, 이렇게 미국인을 매료하지
는 않지요. 내 이름은 토마스고 오늘 주사위는 떨어졌
고 오늘 루이스 카펫(이름) 장章은 종결되어야 합니다.
나는 당시 그라츠 극장에서 엑스트라였죠. 이 역을 연
극배우 칼 드류스가 주었고, 그도 마찬가지로 나치 파
시즘에 의해 살해당했지요.

(마리아는 그에게 잔을 내민다)

마리아   지브롤터, 다카, 세네갈, 포르투갈, 리스본, 체코인
그것이 바로 나입니다.

(그녀는 요셉에게 잔을 내밀고 청하면서 그를 바라본다)

마리아   어서요, 선생님.

요셉	내가 어린아이였을 때 소리를 지르면, 양부모는 내게 술을 먹였다는 사실을, 사람들은 알아야 합니다.
마리아	자, 그녀에 관해 내 말을 믿지 않으시려면.

(마리아는 잔을 놓고 지갑에서 사진 하나를 꺼내어 요셉에게 내민다. 요셉은 소파에 앉아 가방에서 낡은 니켈 안경을 꺼내어 쓴다. 사진은 누렇게 변색되어 있다. 요셉은 그것을 자세히 뜯어본다. 마리아는 작업복을 다리 위로 벗는다. 그리고 요셉을 바라본다)

마리아	이제 모든 것을 아셨죠.
요셉	(눈을 들어 쳐다보지 않고) 옷차림이 별로 좋지 못한 한 여인과 얼룩말 한 마리를 볼 수 있군요.
마리아	얼룩말이 저예요. 리스본에서 얻은 버라이어티 번호, 1932, 그 옆에는 내 동료예요. 그녀에게는 행운이 찾아 왔죠. 한 영사가 그녀에게 관심을 가진 거예요. 그녀는 일을 그만두고 우아한 집으로 들어갔죠. 그녀는 폐병을 약간 앓고 있었고 탐식을 했지요. 1900, 자세히는 모르겠는데, 55년 아니면 56년쯤에 링에서 그녀를 만났죠. 아마 그 이후에, 이미 죽었을 거예요.

(마리아는 마신다)

마리아   나는 마치 버라이어티 극장에 한 번도 가본 적이 없는
        듯 그렇게 사십 년을 일했어요. 가끔 나는 괴로워했지
        요. 내가 라디오 회사 캅쉬에서 일할 때 임금 지급이 초
        과되면, 말하자면 사장은 아주 친절했지요. 내가 작업
        량을 그 정도로 끌어올리면 동료들은 나를 때리겠다고
        말했지요. 너희들이 도대체 뭘 알고 있냐고 난 생각했
        지요. 며칠 전 내 며느리가 내 아들 뒤에 서 있을 때, 아
        들은 "엄마, 제발 크리스마스이브에 오지 마세요, 오시
        면 불화가 생겨요"라고 말했어요. 그때 나는 그녀의
        그 뻔뻔하고 불쾌한 얼굴을 바라보았고, '너는 한 번도
        버라이어티 극장에 못 가봤지. 너는 단 한 번도 버라이
        어티 극장에 가보지 못했어' 하고 생각했어요.

(마리아는 계속해서 머리를 흔든다)

마리아   여러분은 한 늙은 여인을 죽일 수는 있지만, 여자 곡예
        사는 결코 멸망하지 않지요.

(마리아는 그에게 맨다리를 내민다. 요셉은 그녀의 다리를

바라보고 있다)

마리아   이건 순수한 발레 다리예요. 모든 게 단단하죠.

(마리아는 요셉의 손을 잡고 그녀 다리 쪽으로 가져가려 한
다. 요셉은 그녀에게서 손을 뺀다. 그는 자기의 니켈 안경을
쓰고 가방 안을 뒤진다)

요셉   내가 서신으로 된 것을 낭송해도 된다면, 우리 동지의
작별 편지를… 처음에는 경찰서, 다음은 라이너 병원,
그 다음은 헤르만 가의 공증인 사무소. 그 다음에는 지
방법원… 그를 변호했고 그를 교수형에 처했죠. 무척
사랑하는 나의 아내여. 운명은 내가 나의 젊은 생을 끝
마쳐야 한다고 규정하였소. 지금 방금 나의 사면 소원
이 거부되었다는 통지가 왔소. 이제 어쨌든 거행되겠
지. 나는 이 생으로부터 바르고 침착하게 떠나오. 왜냐
하면 나쁜 짓을 하지 않은 것을 알기 때문이오. 내가 한
일에 대하여 나는 부끄러워하지 않소. 왜냐하면 착취
당한 국민 사건을 위해 가입하는 것은 인간의 의무이
기 때문이오. 나는 당신도 억압당한 인류에게 관심을
갖고 그의 의견과 원칙을 공공연하게 주장한 한 인간

이 남편이었다는 사실에 부끄러워하지 말기를 바라오. 당신에게 근심걱정을 많이 끼쳐 미안하오. 이 일을 너무 힘들게, 부담으로 여기지 말구려. 그렇지 않으면 헛된 일이 될 것이오. 마지막으로 나의 진심어린 감사를 받아주구려. 당신과 함께 지낸 지난날은 정말 아름다웠소.

(요셉이 편지를 읽는 동안, 점점 더 흥분한다. 그는 떨고 있다. 마리아는 그에게 브랜디를 가득 채워 내민다)

요셉　17개월 동안 혹독한 운명을 이끄는 데, 이 모든 것들이 내게 힘을 주었소. 내게 속해 있거나 언젠가 내게 속해야 할 모든 것들을 당신의 소유로 넘기오. 유감스럽게도 나는 더 이상 주선하지 못했소. 나의 시체를 당신에게 양도하는 소망이 이루어지길 바라오. 당신들에게 가장 쾌적한 그곳에 나를 눕혀주오, 나에게는 어디나 마찬가지요. 내가 당신에게 부탁하노니 머리를 목에 매달려 있게 하지 마시오. 그건 아무 소용도 없으니까 말이오. 내 생을 혹사당한 인류에게 바쳤다는 걸 생각하시오.

(요셉은 온몸을 떤다. 마리아는 그에게 브랜디를 마시게 하려 한다. 요셉은 방어한다)

마리아 싫다고 하지 마세요.

요셉 내가 한때 집에 왔을 때처럼 당당하게 걸으시오. 당신이 사랑했듯이 그리고 당신 품위에 걸맞게 새로운 생을 구축하시오. 나는 당신에게 진정 많은 행운과 좋은 친구를 원하오. 다시 한 번 나의 모든 친구들과 모든 선량한 사람들에게 안부를 전해주오… 그가 선량한 사람들에게 편지를 썼어야 했다고, 왜냐하면 선량한 동지들에게는 금지되었으니까… 산과 자연에 충실히 남아 있으시오. 그들에게 내 안부를 전하시오. 난 영혼으로 항상 당신 곁에 있겠소. 울지 말고 모든 것에도 불구하고 새롭게 시작하고 강해지시오. 진정 많은 안부와 키스를, 당신을 뜨겁게 사랑하는… 당신을 그토록 뜨겁게 사랑하는 당신의 요셉으로부터.

(요셉은 완전히 정신이 나간 채 있다. 마리아는 그에게 브랜디를 마시게 하려고 한다. 요셉은 물리친다)

요셉 (소리친다) 장벽은 높아져야 하오, 사방에 장벽을 쌓아야 하오. 파시스트적인 야만성의 위험에 반대하여!

(요셉은 양손으로 그의 얼굴을 감싼다. 침묵. 마리아는 그녀의 두 손을 그의 머리 위에 얹는다)

마리아   당신 말을 끊지는 않을게요. 하지만 늙은이는 웃을 일이 없어요. 현실이 어떤지 내가 말하지요.

(요셉은 별안간 일어선다. 그는 정신없이 가방에서 증명서를 뒤진다. 그리고 그것을 마리아에게 내민다)

요셉   자. 서명. 요셉 프리빌.

(그는 그 밖의 편지를 들고 있다)

요셉   편지에 있는 것과 똑같은 서명.

(침묵)

마리아   아, 그러니까 당신 자신이 편지를 쓴 거지요?

(침묵. 요셉은 고개를 끄덕인다)

마리아   사랑하는 아내에게. 당신은 그러니까 부인이 있군요.

(요셉은 마리아를 바라본다. 마리아도 그를 바라본다. 요셉은 브랜디 한 잔을 받아 단숨에 마신다)

요셉   그녀는 존재하지 않지요.

마리아   아주 일찍 돌아가셨나요?

요셉   (외친다) 하지만 그녀가 살아 있지조차 않았다면!

(침묵)

마리아   아, 그럼 당신은 전혀 있지도 않은 부인에게 편지를 쓰셨군요? 내 남편은 나르빅의 도축업 상사에 있었지요. 당신도 어쨌든 아주 혼자군요.

요셉   진보적인 인간은 절대 혼자가 아니지요. 1959년 청소년 세계 축제 때 이만 명 이상의 청소년들이 있었죠.

(마리아가 잔을 채운다)

마리아 그들은 우리를 전혀 좋아하지 않아요. 젊은이들은. 내가 생선가게 아들을 위해 다이어트 요리를 가져가면, 그는 거기 없고 그녀하고 손님들만 있지요. 그럴 때 그녀가 한 손님에게 "저이가 그 노파예요"라고 말하면, 나는 못 들은 체 흘려보내지요. "저이가 그 노파예요." 내가 그 말에 맞서 무슨 말이라도 한다면 내 아들과는 아주 끝장이 날 거라구요. 그러니까 손님들이 나를 쳐다보면 나는 쓰레받기와 청소용 브러쉬를 들고 깨끗하게 청소해요.

(두 사람은 잔을 부딪치며 마신다)

마리아 요셉 씨, 이렇게 말해도 된다면, 오늘은 크리스마스예요.

(요셉은 미소 짓는다)

요셉 나는 별도로 근무상으로 배분을 해 놓았지요. 그래서 더 빨리 지나가버리도록.

마리아 요셉 씨. 하느님께서 당신께 보내주셨어요. 그래요. 그 당시에 내 남편이 아직 살아 있었다면 나는 리스본에서, 고향에서 직접 제국으로 왔어야 했지요. 총통이 우

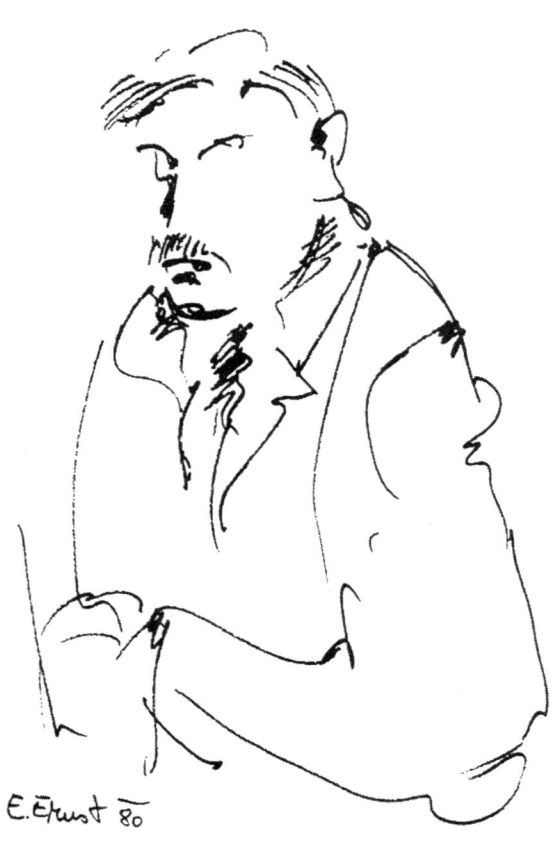

E. Ernst 80

리 예술단원들 모두를 불러들였으니까요.

요셉   제5연대 병사, 아돌프 킬러. 신경질적인 꼭두각시 허수
      아비 귀족.

마리아 독일여자청년동맹 조직에 한 여자 지도자가 있었는데,
      그녀는 거위를 내장이 든 채로 구웠지요. 그런 세련되
      지 못한 것. 슈타들러 부인은 나치 히틀러의 여행자 단
      체와 함께 베히테스가덴으로 왔는데 그녀는 히틀러를
      보았고, 너희들은 상상할 수 없을 거야, 라고 말했지요.
      그 남자는 하느님이야. 나는 바이에른의 아우핑에 있
      는 비행장의 다림질 공장에 있었는데, 어느 날 그이가
      멋진 제복을 입고 들어왔고 나중에 내 남편이 되었지.

요셉   나하고는 완전히 다르군요.

(요셉은 웃는다)

마리아 그이는 내가 바지를 다려주기를 바랐지요. 요셉 씨, 아
      시겠어요, 얼마나 자주?

(요셉은 웃는다)

마리아 하루에 세 번이죠. 피임약, 그런 건 그 당시에 없었고

그가 나르빅의 도축업 상사로 승진해서 와야 했을 때 나는 임신 중이었죠.

(요셉은 마시고 키득거리며 웃는다)

요셉   내가 원한다면 나는 다른 사람 콘너스로이트 출신의 테레스(이름)가 될 수도 있지요. 나는 피가 나올 때까지 오랫동안 잇몸을 빨아들일 수 있어요. 그것이 나를 구제했지요. 게다가 나는 간질병자인 척했지요. 나는 살아남았어요. 나는 모든 동료들 중에서 살아남았어요.

마리아   저 위에서는 많은 구성원들이 얼어 죽었지요. 우리에게는 도움이 되는 일이었죠. 왜냐하면 그로 인해 그가 도축업 상사에 있을 수 있었고 가끔 선지 소세지나 기름덩이를 보내주었거든요. 그러나 체코인과의 사건은 그가 죽을 때까지 용서하지 않았어요. 하지만 그건 아무것도 아니었어요. 나는 체코 말을 약간 배우려고 했어요. 왜냐하면 그의 부모님들이 체코인이었고, 그가 나를 그들에게 데려갈 때에는 나도 그들에게 말을 걸고 싶었지요.

요셉   그들이 나를 연행하려 할 때 나는 결심했지요. 나는 내가 아니고 다른 사람이라고. 나는 그것을 정신 차려 지

켜야 했죠. 나는 복도에서 들려오는 나치 앞잡이들의 발걸음 소리를 들었어요. 그들은 감방 문을 홱 열어젖혔지요. 나는 그들을 응시했고 내 입 가장자리에서 피가 흘렀죠. 아니, 아니, 신사분들, 미국인을 이렇게 체포하지는 않지요. 내 이름은 토마스이고 오늘 주사위가 던져졌고 루이스 카펫 장도 종결되어야지요. 말한 바와 같이 모든 것은 꾸며낸 것이고요, 게다가 간질병으로까지. 그들은 나를 구겔후프라는 정신병원으로 데리고 갔죠. 의사 로렌초니는 나를 심문하고 내가 환자인 척하는 것을 드디어 시인하라고 때리게 했지요. 아니, 아니, 신사분들, 이렇게 미국인을 체포하지는 않지요. 라이어가 나를 방해하지만 않았던들 나는 배우로서 높이 올라갔을 텐데.

마리아   어린아이가 세상에 태어났고 남편도 전쟁에 나갔죠. 내가 경험했던 이 모든 것들을 어린아이가 대체 어떻게 알겠어요. 45년도에 어린아이와 함께 바이에른에서 비엔나까지, 유모차와 가축 운반용 차에 실어서, 걸어서, 이렇게 끌고 다녔죠. 먹을 것이라고는 아무것도 없어 나는 비참했지요. 내가 비엔나에 있는 시부모 집에 도착했을 때 남편은 식당에서 카드놀이를 하고 있더군요.

요셉   라이어는 친필 서명을 주려고 했는데 종이가 없었죠.

나는 그이 뒤에 서 있었고 나는 이미 황실극장의 엑스트라가 되어 있었죠. 나는 그에게 종이 한 장을 내주었고 그는 서명을 하고 종이를 돌려 읽었죠. 착취계급을 타도하라. 국제적인 연대여 만세. 전쟁 도발과 이윤 추구에 항거하라. 1928년 프릿츠 랑의 감독하에 소돔과 고모라가 다 잘 시작되었음에도 불구하고, 나는 해고되었죠.

(마리아가 잔을 채운다. 요셉과 마리아는 계속해서 마신다)

마리아   내 남편은 체코 사람들이 화제가 될 때에는 나를 자주 때렸지요. 요셉 씨, 당신은 좋은 분이시군요. 나는 내 아들 빌리밖에 없어요.

요셉   그 후부터 나는 오로지 정당 일에만 헌신했어요. 모든 게 아주 희한하지요.

마리아   어째서 인간들은 그리도 잔인하지요? 요셉 씨, 내게 말씀해 주세요.

요셉   인간들 그리고 인류… 인류의 진보적인 부분 만세, 그리고 그것은 커지고 점점 더 커지고 나는 그것의 한 부분, 한 작은 먼지 입자이지요.

마리아   어째서 내 아들은 나 없이 자기 삶을 살아야만 한다고 말하는지. 누가 대체 그를 방해한단 말인가? 하지만 나는 그의 어머니가 아닌가. 요셉 씨. 나는 아름다운 여자였어요.

요셉　나의 생모는 나를 한 번도 방문한 적이 없었는데, 역시 배우였지요. 그녀의 한 동료. 군돌프 아우어라는 분은 내게, 어느 헝가리 영화가 내 어머니의 생에 대해 아주 강렬하게 떠올리게 했다고 말했어요. 그 영화의 제목은 〈데리 부인〉이었어요. 나는 그 영화를 열심히 찾아보았지만, 영화 프로그램에서 결코 발견하지 못했지요.

마리아　한 신사분이 내 어머니의 우유 가게에 와서 내게 입장권을 하나 주었어요. 그는 저녁때 오페라 특별석에서 나를 기다렸지요. 그는 나를 콘스탄티노플로 중개했어요. 요셉 씨.

요셉　지구는 회전하지요, 코페르니쿠스의 세계상은 옳아요. 그것은 돌고 있지요.

마리아　바라보세요. 당신은 버라이어티의 사진을 보았지요. 집에는 그 당시의 사진으로 온통 가득찬 배 모양의 상자가 있었죠. 당신은 모든 걸 아시겠죠. 요셉 씨. 나는 아름다운 여자였지요.

(마리아는 눈을 감고 얼굴을 요셉의 얼굴에 가까이 한다)

마리아　내 이름은 미아 리터예요, 마리아 파트착에서 부분적으로 바뀌었죠.

(요셉은 갑작스레 일어난다. 그는 선반 위쪽으로 비틀거리며 걸어가서 유리종이에 싼 빵을 꺼낸다)

요셉　빵 1킬로그램이 얼마죠? 치욕이오. 45년에는 킬로에 35그로셴이었죠. 그 다음엔 60그로셴으로 올랐고 다음엔 1실링 18그로셴으로, 다음엔 1실링 90그로셴으로, 2실링 27그로셴으로, 3실링 60그로셴으로 등등… 그러면 노동자들의 임금도 같은 속도로 올랐는가? 이 불행한 임금−가격−협정 또는 24그로셴이었던 전차표로 시작해서…

(요셉은 이리저리 비틀거린다. 여러 물건들이 선반에서 떨어진다. 마리아는 그에게 다가가서 그의 몸을 지탱한다)

마리아　이리 오세요. 요셉 씨, 우리 둘이 지금 뭔가를 멋대로 합시다.

(그녀는 그를 끌고 매장을 지나 음성조정실 방향으로 간다. 그는 또다시 머물러 서서 설교조로 말한다)

요셉   그런데 오늘날 그것은 10실링 합니다. 이것은 정말 40배지요. 노동자들의 임금이 40배나 올랐습니까? 하나 가득 담은 샐러드는 7그로셴이었고 계란 한 개가 9그로셴 혹은 10그로셴이었죠, 크기에 따라서. 벤스도르프 리펜 초콜릿 10그로셴, 나는 그것을 사야 할지 말아야 할지를 수백 번 생각해 보았죠. 9실링 50그로셴은 긴급 생활 보조금이었죠. 맹세코 그건 정말이었어요.

(그는 점점 더 크게 말한다)

요셉   고기, 그래요 고기. 난 일 년에 한 번 고기를 먹었죠, 부활절 전의 금요일에. 그건 내가 무신론자이기 때문이지요. 감자, 내장 요리, 꺼내 구운 암소 유방, 구운 야채. 모든 게 잊혀졌지요. 모든 게 잊혀져 버려졌지요. 나는 오늘 값싼 우유 때문에 푸커스 마을에서 리징까지 갔지요. 매점에서 예를 들면, 내가 선전하고자 하는 것이 아니고, 지금 빵값이 8실링 20그로셴이니까 차라리 호퍼로 가겠소. 그곳에선 지금 할인해서 7실링 90그

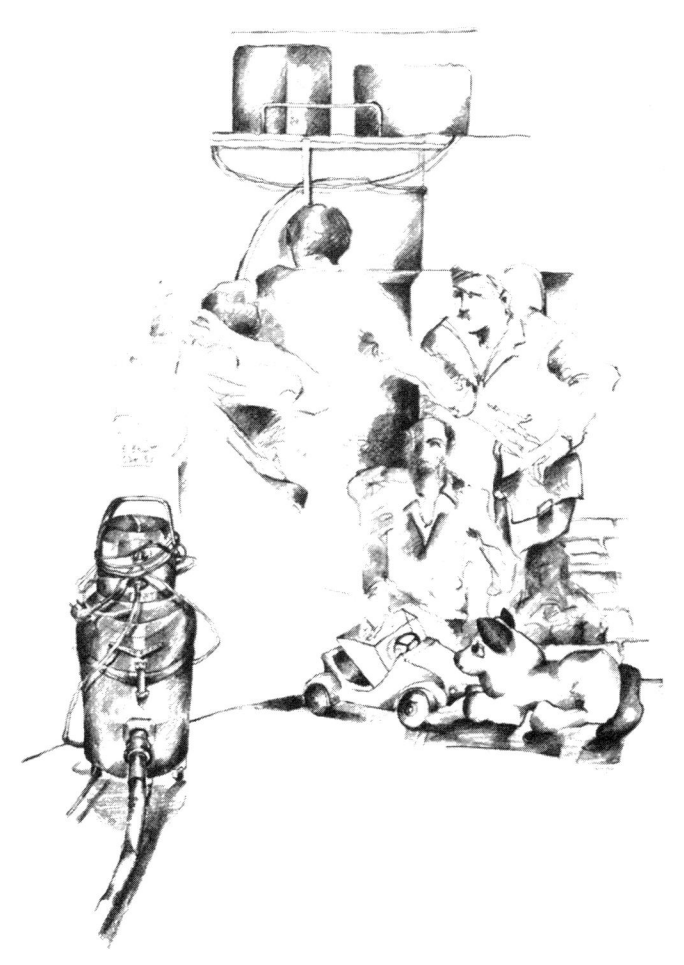

로센이지요. 우리 같은 사람들이 아직도 있고 라디오의 카리타스 — 방송만 들으면 되지요. 복지국가에서 살고 있는 우리가 어째서죠? 몇 십만 노동자가 있지요, 전문직 근로자가 아닌, 한 달에 5,000이나 6,000실링 받는 배우지 못한 자들이. 여자들, 파출부들, 외국인들, 연금생활자들에 대해선 말할 것도 없지요. 하지만 잠깐만 신사분들, 미국인을 이렇게 체포하지는 않지요. 내 이름은 토마스예요. 오늘 주사위가 던져졌습니다.

(마리아는 요셉과 함께 음성조정실이 있는 문 뒤쪽으로 사라진다. 정적. 확성기에서 '삑' 하는 소리가 들린다)

마리아목소리 스위치를 눌러야 해요. 그러면 돼요.

(정적)

뭔가 말씀해보세요, 요셉 씨.

(정적)

요셉목소리 그 당시 나를 때리게 했던 의사 로렌초니는 지금 그라츠에 살고 있지요.

마리아목소리 당신 마음대로 하세요. 아무도 우리 소리를 듣지 않아요.

요셉목소리 마리안네 가에 있는 문패에는 위생고문의사 에곤 로렌초니 정신과 의사. 그리고 그 밑에는 페터 로렌초니 의

사, 라고 씌어 있어요. 아마 그의 아들이겠죠.

마리아목소리 아무래도 상관없어요. 무슨 말씀을 하시든.

요셉목소리 있지요, 마리아 씨, 나는 가끔 그의 불 밝힌 창 밑에 서서 그 위를 바라다보지요.

마리아목소리 그 안에 대고 말씀하셔야 해요. 마이크 안에다 대고.

요셉목소리 (노래한다) 민중이여, 마지막 전투의 신호를 들으시오. 국제적인 신호는 인권을 쟁취하지요.

마리아목소리 당신은 말하고 노래할 수 있어요. 아무도 우리 말을 듣는 사람은 없어요. 매장과 모든 것은 텅 비어 있어요. 지금 내가 빌리에게 말하겠어요, 그런데 아무래도 상관없어요, 그는 듣지 못하니까요.

(정적)

빌리, 크리스마스이브에 네 엄마를 생각하니?

요셉목소리 고요한 밤, 거룩한 밤. 1936년 12월 24일 프랑코는 마드리드를 폭파하게 했고 닉슨은 1972년 성탄 때 하노이에 같은 짓을 했지요. 살인자들!

(정적)

마리아목소리 즐거운 크리스마스. 그저 크게 울리네요. 하지만 아무도 듣지 않아요.

(정적)

요셉목소리 마리아 씨…

마리아목소리 네, 요셉 씨…

요셉목소리 하지만 내가 첫번째로 당신 말을 들었어요.

(정적)

마리아목소리 당신은 지금까지도 우아한 내 모습을 보지 못했어요.

(정적)

요셉목소리 뭐하세요? 난 속이 좋지 않아요. 난 앉을 자리를 찾아야겠어요.

(정적. 확성기에서 '삑' 하는 소리가 들린다. 요셉과 마리아는 음성조정실에서 나온다. 마리아는 두건을 쓰고 있지 않다. 요셉은 소파 쪽으로 가서 앉고 멍하니 바라본다. 마리아는 요셉이 비틀거릴 때 선반에서 떨어진 물건들을 집어올린다. 그리고 선반 안으로 다시 정리한다. 그녀는 요셉에게 가서 브랜디 병을 닫고 잔 두 개를 손수건으로 닦는다. 침묵)

요셉 (멍하니 바라보며) 오토는 노이슈티프트에 있는 묘지에 누워 있지요. 프릿츠는 슈타인에서 조사 받았죠. 한스는 죽었고 아르투어도 마찬가지였고. 그리고 프리트 교수로부터 53년 2월에 마지막 엽서를 받았죠. 나는 모든 동지들로부터 마지막 생존자죠.

마리아 내 이웃 여자가 죽었을 때 유품이 그냥 길거리에 버려

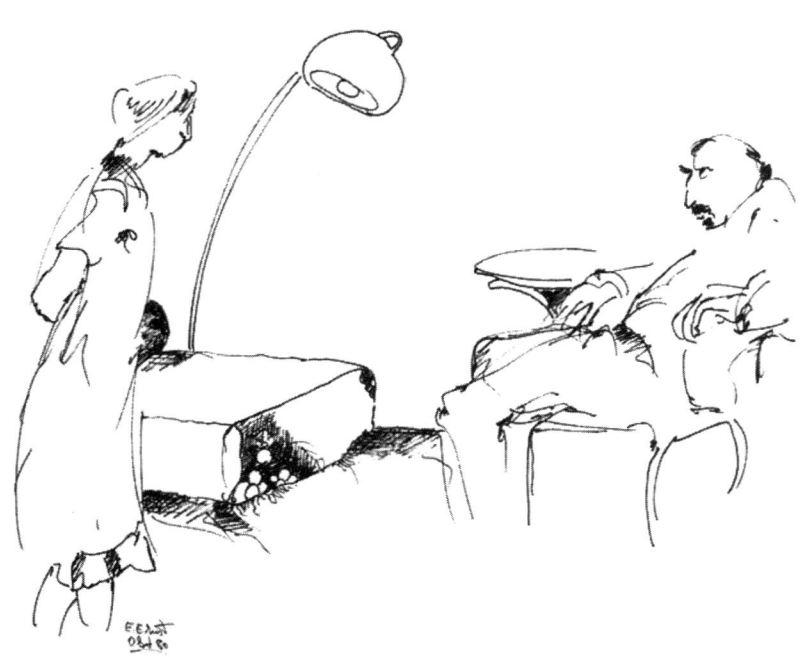

졌어요. 나는 혹시 뭔가 필요한 것이 있는지 살펴보았죠. 크니텔펠트 시민학교의 매우 좋은 성적증명서와 1차 대전 중에 보낸 그녀 남편의 편지가 있었어요. 그 안에 실용적인 것은 없었고 단지 연애사건만이 있었죠. 다음 날 쓰레기 사무국에서 모든 걸 가져갔어요. 어느 사람에게도 아무것도 남아 있지 않다면 도대체 무엇이 남아 있겠어요? 내가 말하듯이 가는 게 더 좋겠어요, 이 세상으로부터 가는 것이.

요셉   내가 꾸민 광기를 좀 강조하기 위해, 나는 구겔후프에서 형식적으로 목을 매달려고 했지요. 조리대 위로 올라가니 전기곤로는 약간 따뜻했지요. 밧줄을 목에 걸고 감시자를 기다렸지요. 시간이 흘렀고 나는 천장에 달린 전등 빛 너머로 공원을 바라보았죠. 그리고 흰옷 입은 한 소녀를 보았고… 당신 미쳤소, 하고 갑자기 감시자가 내게 소리쳤고 유감스럽게도 내게는 적당한 대답이 떠오르지 않았죠.

(마리아는 솔, 물통, 걸레를 들고 무대 뒤쪽으로 간다. 요셉은 멍하니 바라본다. 정적. 마리아는 종이봉투를 들고 무대 위로 나온다. 그녀는 봉투를 소파에 놓고 요셉을 바라본다)

마리아   아마 시간이 된 것 같아요.

(요셉은 마리아를 바라본다)

요셉   마리아 씨, 당신은 나의 해설을 통해서 정치적인 세계 상황에 대해 통찰력을 얻으셨지요. 앞으로 사회주의를 맞이하게 될까요, 어떻게 생각하세요?

마리아   오늘날 이 세상은 모든 게 다르지요, 아주 더 냉혹하지요.

(그녀는 그의 옆에 앉는다)

마리아   대체 누가 우리를 원하겠어요? 누가 우리를 공격하겠 어요?

(그녀는 손등의 주름 많은 피부를 밀어대며 그에게 손을 내 민다)

마리아   대체 누가 우리를 그렇게 공격하겠어요?

(요셉은 주머니에서 니켈 안경을 꺼내어 쓰고 마리아의 손을 바라본다)

요셉   나는 괴르츠 안경점에서 유리 연마공으로 일할 때 항
        상 미세한 먼지를 들이마셨지요. 그래서 나를 내쫓았
        고 증명서에는 이렇게 썼어요: 건강하고 임금에 만족
        한 상태로 해고되었음. 실제로 나는 벌써 결핵 때문에
        각혈을 했지요.

        (그는 제복 블라우스와 셔츠의 단추 두 개를 열고 손가락으
        로 흉골을 누른다)

요셉   나는 여섯 번이나 엔첸바하 폐 요양소에 갔어요. 엔첸
        바하에서 기흉을 얻었죠. 그러니까 폐흉막과 늑막 사
        이의 간격을.

        (그는 깊이 숨을 들이마시고 내쉬고 그때마다 계속 흉골을
        누른다)

요셉   나는너무나 회의적이오, 나는너무나 회의적이오.

        (마리아는 작업복과 속치마를 높이 쳐들고 요셉에게 반쯤 벗
        은 등을 내민다)

마리아 　척추 오른쪽 옆을 눌러보세요. 난 그곳에 척추판 통증이 있어요. 타츠만스도르프 온천에 세 번 갔지만 또다시 나타나지요.

(요셉은 그녀의 반라의 등과 그의 손가락을 바라본다. 그는 손가락을 움직인다)

요셉 　나는 손가락에 혈액순환장애가 있어요.

마리아 　눌러 보셔야 해요. 안 그러면 난 어떤 통증도 못 느껴요.

(요셉은 검지손가락으로 그녀의 반라된 등을 두드린다)

요셉 　됐어요.

마리아 　그건 누른 게 아니에요. 전혀.

(요셉은 다시 누른다)

마리아 　더 세게. 더 오른쪽으로. 더 세게. 그건 통증이에요. 추간판이 없다면 그건 상상할 수조차 없어요.

(요셉은 상의와 셔츠를 붙들고 있어 그의 가슴 일부를 볼 수 있다)

요셉   내가 한때 민중오페라 극장에서 두번째로 입신출세를 시도했을 때, 또 기침을 했지요.

(마리아는 손가락으로 요셉의 흉골을 누른다. 요셉은 깊이 숨을 들이마시고 내쉰다. 마리아의 누름이 쓰다듬으로 바뀐다)

요셉   마술피리에서 내게 사자의 역할을 인정했지요. 연출자는 내게 크게 소리지르도록 엄하게 가르쳤어요. "네, 네" 하고 나는 말했고 그 과제 자체는 쉽게 달성할 수 있는 것이었죠. 내게 사자 의상을 주었고 나는 사자 머리를 썼는데, 다만 유감스럽게도 가면 안이 먼지투성이라는 것을 생각하지 못했죠. 그래서 내가 소리질러야 했을 때 끔찍스런 기침의 발작이 일어났죠. 마술피리에서 기침하는 사자로, 나는 정말 견딜 수 없었죠.

마리아   그래요, 그 음악…

요셉   마리아 체보타리, 훌륭한 여가수, 암의 고통을 지녔죠. 외글, 그의 성이 생각나지 않는데. 바리톤이었죠. 루치카, 그녀는 유고슬라비아 여자였고 오토랑거, 얀 키이

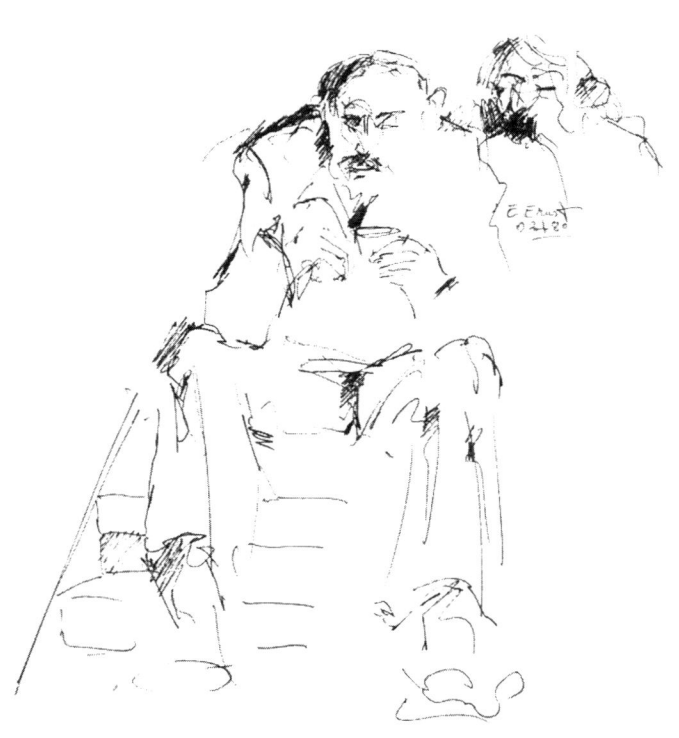

푸라 그의 부인 마르타 에거트와 그리고 헬게 로스베
네는 보험에서…

마리아 나는 오페라에 단지 한 번 가보았지요, 나를 콘스탄티
노플에 알선해준 신사와 함께. 나는 사랑하는 신이 나
를 보호해 주리라고 항상 믿어왔죠. 그러나 그 신사가
오페라 특별석에서 집요하게 대했을 때 그의 뜻이 이
루어지리라고 생각했죠. 그 당시에는 너무 어렸고, 너
무 어리석었죠.

요셉 자, 들어보시오, 나는 단지 시인일 뿐이고 내가 하는 것
은 글 쓰는 것이죠. 그런데 내가 어떻게 사느냐고? 자,
나는 살고 있소. 나의 가슴에서 그리도 많은 사랑스런
멜로디가 뿜어져 나오고 있고… 아주 가까이에 엑스트
라로서 존재하고 함께 배우지요. 사실상 나는 모든 커
다란 역을 연기해낼 수도 있었을 텐데요.

마리아 칼로스 가델.

요셉 누구?

마리아 칼로스 가델. 그 사람을 카사블랑카에서는 모든 아이
들이 알고 있지요. 탱고 가수죠. 탱고를 추세요, 요셉
씨?

요셉 양아버지가 전 재산을 술로 탕진하는 바람에 댄스 교
습소에 다니는 것은…

마리아   그건 아주 쉬워요. 그저 내 발만 바라보셔야 해요.

(그녀는 일어나서 요셉에게 탱고 스텝을 보인다)

마리아   보세요, 요셉 씨. 하나, 둘 그리고 탱고 스텝. 하나, 둘
         그리고 탱고 스텝. '그리고' 할 때 나하고 교차 가교를
         만들면 되요.
         기다리세요. 내가 음악을 틀죠. 그러면 더 쉬워요.

(마리아는 전축 판 쪽으로 가서 판 하나를 고른다. 요셉은 재
빨리 그의 속옷과 제복 상의의 단추를 끼운다. 그는 니켈 안
경을 쓰고 그의 가방에서 『진실』을 꺼내어 신문에 몰두한다.
마리아는 탱고 판을 올려 놓는다. 그녀는 전축의 볼륨을 크
게 맞추어 놓는다. 그녀는 요셉에게 돌아온다)

마리아   요셉 씨! 탱고예요!
요셉   여기 아주 흥미 있는 기사가 있소. 내가 짧게 낭송해도
         된다면. 소비에트 연방에서는 밀 생산이 10년간 비교
         하여 30% 이상 증가했고 그 반면에 콩 생산은…
마리아   오세요, 요셉 씨. 오늘 주사위는 던져졌어요. 당신 자
         신이 말했잖아요.

(그녀는 그를 일으켜 세워 꽉 붙들고 무대 위로 끌고 온다)

마리아　　이건 아주 쉬워요. 하나, 둘 그리고 탱고 스텝, 하나, 둘 그리고 탱고 스텝. 지금 내 허리를 잡으세요, 꼭. 나는 몸을 뒤로 젖히고, 당신은 몸을 앞으로 내미세요. 내 몸 위로요.

요셉　　제발, 난 못해요.

마리아　　된다니까요. 몸을 앞으로 내밀어야 해요, 뒤로 젖히지 말고, 앞으로요. 하나, 둘 그리고 탱고 스텝…

요셉　　보통 춤출 나이에 나는 그 당시에 몰라르트 가에 있는 노동자 중학교의 강습에 다녔죠, 예를 들면 물리는 내게 흥미가 있었죠. 광, 광속도. 난 새벽 5시에 일어났고 셋방살이 하는 여자는 난방을 하지 않았죠, 그래서 공장으로 가서 밤 2시까지 공부했지요. 라틴어 단어, 오스트리아 건국 등등. 나는 그것을 해내지 못했지요. 그래요, 나는 고등학교 졸업장이 없이, 라틴어와 포에니 전쟁(B.C. 2세기 경의 로마와 카르타고 간의 전쟁)에 관한 지식 없이 살아가야 한다는 인식을 했지요.

마리아　　하지만 정말 된다니까요. 요셉 씨. 하나, 둘 그리고 탱고 스텝. 당신은 타고난 재능이 있어요.

요셉   내가?

마리아   네, 당신이 말이에요. 내 말을 믿으세요. 난 비교할 수
         있어요.

요셉   내가 춤을 출 수 있다고?

마리아   앞으로 몸을 내미는 것을 잊지 마세요.

(요셉은 그녀 위로 깊이 몸을 내민다)

마리아   당신이 하시는 모습은 정말 우아해요.

(두 사람은 탱고를 춘다. 요셉은 완전히 달라졌다. 그는 '리
드'를 한다. 노래 판은 끝났다. 요셉은 마리아를 놔두고 전축
쪽으로 가서 다시 판을 튼다. 그는 마리아에게 되돌아와 그
녀의 허리를 잡는다)

요셉   마리아 씨! 탱고예요!

(둘은 점점 와일드하게 춤춘다)

마리아   (웃으면서) 요셉 씨, 그러니까 난 당신을 전혀 몰라요.

요셉   (큰 소리로) 사람들은 나를 알지도 못하지요. 수년 동안,

내가 말한 대로, 일생 동안 나는 불법자요, 다른 사람이었죠. (그는 웃는다) 오늘 주사위는 던져졌죠…

(그는 마리아를 자기 쪽으로 더 꼭 끌어당기고 더 와일드하게 춤춘다)

마리아　　요셉 씨. 당신은 제게 마치 루돌프 발렌티노같이 생각되네요.

요셉　　그 남자가 누군데요?

마리아　　족장(이슬람 사회의 지도적 인물에 대한 칭호)이오. 사막의 왕. 신세계의 영웅. 그는 머리를 매끄럽게 뒤로 넘겼죠. 굉장히 멋진 남자였죠.

(요셉은 마리아를 놔두고 주위를 둘러보고 미네랄 물 한 병을 선반에서 꺼내어 약간의 미네랄 물을 손에 쏟아 머리에 발라 부러진 빗으로 매끄럽게 빗는다. 마리아는 그를 보고 웃는다. 요셉은 그녀 몸의 중심을 잡고 그녀를 날카롭게 바라본다)

요셉　　자?

마리아　　(웃으면서) 당신은 대단하군요.

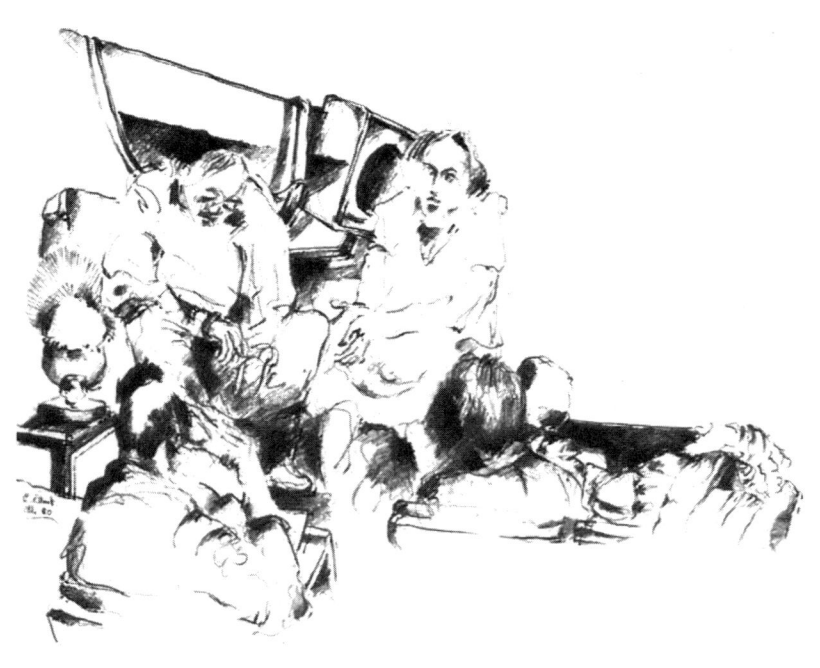

요셉   나는 발렌틴이오, 아니면 그 신사분 이름대로. 지금 내
         연극 경험을 알아보시겠어요?

마리아   발렌티노, 루돌프 발렌티노. 그는 그의 세기에 가장 우
         아한 남자였죠, 언제나 후작 코트를 입고, 사막에서도.

요셉   당신이 원하는 대로.

         (그는 마리아를 놔두고 옷들 있는 데로 달려가서 그 속을 뒤
         적거리고 턱시도 상의를 꺼내어 그의 제복 상의를 벗고 턱시
         도를 입는다. 그 턱시도는 그에게 적어도 3호 정도 더 크다.
         그는 마리아에게 달려간다)

요셉   (소리친다) 탱고!

         (그는 마리아의 몸 한가운데를 꽉 잡는다. 전축 판 음악이 끝
         난다. 요셉은 전축 쪽으로 냅다 달려간다)

요셉   (웃으며) 아니, 아니, 신사분들, 미국인을 그렇게 체포하
         지는 않지요!

         (요셉은 판을 다시 튼다. 그는 마리아를 붙잡고 다시 탱고를
         춘다. 여느 때보다 더 와일드하게)

요셉	이제 내가 그 발렌티노지요? 내가 지금 그자입니까, 혹은 아닙니까?
마리아	(웃으면서) 한 가지 특성이 아직 부족하군요, 요셉 씨.
요셉	내게 말해주세요. 나는 모든 걸 연기하겠어요.
마리아	(웃으면서) 그는 여자들을 한 다스씩 유혹했지요. 어느 여자도 그에게 저항할 수 없었지요.
요셉	(웃으면서) 내가 당신에게 이렇게 구혼을 하면 당신은 내게 저항하시겠습니까?

(마리아는 웃는다)

요셉	"네" 입니까 혹은 아닙니까?

(침묵. 요셉과 마리아는 계속 춤을 춘다. 마리아가 갑자기 요셉을 세워놓고 바라본다)

마리아	(진지하게, 비극과 운명의 순종에 뒤섞여) 그래요, 난 당신에게 저항하지 않을 거예요, 요셉 씨.

(요셉은 그녀를 응시한다. 마리아는 자명한 듯이 큰 백화점

침대 쪽으로 가서 이불을 젖힌다. 요셉은 안경을 벗어 닦고 다시 쓴다. 전축 판 노래가 끝난다. 마리아는 그녀의 작업복 단추를 푼다. 요셉은 당황하여 그녀를 관찰한다. 갑자기 마리아는 손을 멈추고 요셉에게 미소 짓는다)

마리아   매장의 신성함이 내게는 너무 밝아요, 당신이 이해하신다면, 요셉 씨. 당신은 아마 메인 스위치를…

요셉   네, 네, 직무상 조명 설비는 잘 알고 있지요.

     ·

(요셉은 무대 뒤(혹은 무대 구석)에서 눈에 띄게 부착되어 있는 메인 스위치 쪽으로 간다. 완전한 암흑. 요셉은 어두운 무대 위로 온다. 그는 어둠 속에서 이리저리 더듬는다. 몇 개의 물건들이 떨어진다)

마리아   (소리친다) 괜찮아요.

(요셉은 어둠 속에서 이리저리 방황한다)

요셉   아니야, 이건 내게 너무나도 위험부담이 커.

(그는 다시 무대 뒤로 간다. 조명. 그는 마리아에게 간다. 그

녀는 침대 속에 누워 이불을 가슴 위로 아슬아슬하게 붙잡고 미소 짓고 있다)

마리아 마치 어느 화보잡지 속에 나오는 여류 예술가처럼. 동방의 발레여왕 미아 리터처럼.

(그녀는 웃으며 이불 속에서 두 발로 버둥거린다)

요셉 화보잡지들은 정말 아주 유해합니다.

(요셉이 말하는 동안 그는 턱시도 상의를 벗어서 그것을 다시 옷들 있는 곳에 걸어 놓는다. 그의 제복 상의를 아주 꼼꼼하게 침대 옆에 놓는다. 마찬가지로 신발, 셔츠 그리고 기다란 내복 바지도)

요셉 수백만 부의 이 화보는 인간과 진보된 자들의 의식을 독살하죠. 통계에 따르면 모든 인간들이 일주일에 두 번 화보를 읽는다는 걸 생각하면, 그 중에서도 진보주의자들이어야 한다면. 그 효과는 무엇일까요? 『진실』은 후퇴하죠, 그리고 옛날의 정기구독은 연장되지 않는 것이죠.

(요셉은 옷 벗기를 끝냈다. 그는 단지 팬티와 양말대님이 있는 양말을 신고 있다. 그는 침대 속으로 들어온다. 마치 매일 저녁 취침하듯이. 그와 마리아 사이에는 약 1미터 자리가 있다. 두 사람은 이불을 목까지 덮고 똑바로 쳐다보고 있다. 침묵)

(마리아는 그에게 더 가까이 다가간다. 그녀는 머리를 그의 어깨에 얹는다)

요셉   마리아 씨?

마리아   네, 요셉 씨?

요셉   말을 놓는 것이 적절할 정도의 상황이 된 걸요.

(마리아가 그를 바라본다)

마리아   나는 마리아예요.

(요셉은 그녀와 악수한다)

요셉   요셉, 잠시.

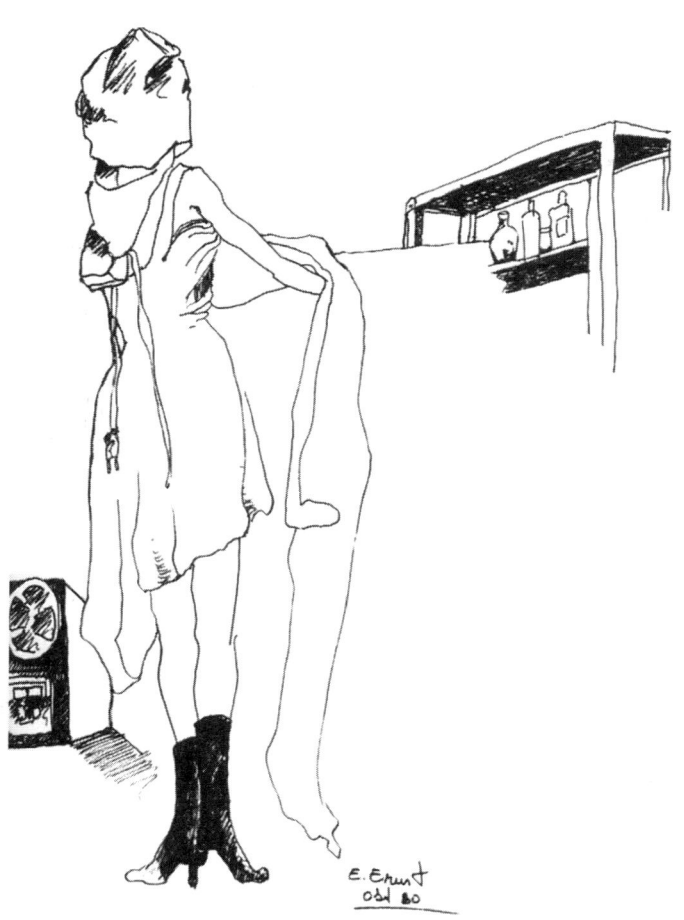

(요셉은 침대에서 벌떡 뛰어 일어난다)

마리아 지금 대체 뭐하는 거예요?

(요셉은 브랜디 병을 들고 선반에서 잔 두 개를 가지고 침대
쪽으로 되돌아온다. 그는 술을 따라 잔을 마리아에게 주고
그도 잔을 든다. 그는 양말 대신 대님이 있는 팬티와 양말을
신고 잔을 들고 그녀 앞에 선다)

요셉 사랑하는 마리아. 인간들의 인생에는 매력적인 것이
한 등급을 달성하고 성적인 것이 단지 시간의 문제 이
상인 순간들이 있지요. 우리는 거기에 야유가 필요 없
고 결혼식도 필요 없고 모든 미신도 필요 없고, 우리는
가장 아름다운 경험 안으로 인간들을 용서해 주려고
하고, 명백한 의지를 접합하려고 하지요.

(그는 그의 잔을 단숨에 마셔 버린다)

마리아 그렇게 마시지 마세요. 우리는 서로 친구 관계를 맺으
며 마셔야 해요.

요셉 죄송해요.

(그는 그의 잔을 따른다. 두 사람은 친구 관계를 맺으며 마신다. 그들은 잔을 든 손들을 '깍지 끼고' 마신다. 잔들은 비었다. 마리아는 눈을 감고 요셉에게 얼굴을 내민다. 요셉은 그의 잔을 따르고 마리아를 바라본다)

마리아   (눈을 감은 채)
처음으로 한 남자가 내게 키스하기 전에, 나는 매우 흥분했지요. 사람들은 키스로 확신하는 것들을 책으로 많이 읽었지요.

(요셉이 마리아에게 키스한다. 그는 잔을 서툴게 들고 있어 내용물이 침대 속으로 흐른다. 마리아는 그에게서 벗어난다)

마리아   이상하군. 점점 더 축축해지는군.

(마리아는 산더미같이 쌓인 '크리스마스 선물' 을 본다. 그녀는 침대에서 내려온다. 그녀는 여전히 '콤비 정장' 을 입고 있다)

마리아   맙소사, 침대 시트.

(요셉은 침대 시트의 젖은 얼룩을 바라보고 병에서 한 모금
마신다)

요셉   용서하세요. 신사 여러분, 우리로부터 빨아먹은 돈으
로 사복을 채우신 이 백화점의 대 소유자께서는 우리
가 당신의 값비싼 침대 시트에 조그만 얼룩을 적신 것
을 용서해 주십시오. 그러나 지금은 커다란 정의의 순
간입니다. 오늘 주사위가 던져졌지요. 그렇기 때문에
나는 끝장을 말합니다. 끝장이라고 말합니다. 나, 요셉
프리빌은 자본주의의 이 저장고가 국민의 소유로 되돌
아감을 선언합니다. 그렇기 때문에 나는 말하기를…
새 시트를 가져와요, 마리아.

마리아   하지만 우리는 돈을 내야 해요. 요셉.

요셉   돈을 낸다고? 우리는 아무것도 내지 않아요. 마리아.
우리는 정말 미쳤고 금치산 선고를 받았지. 당에서는
항상 규정하기를: 요셉은 신문을 팔 수 있으나 의견을
말해서는 안 된다. 이자는 미쳤다. 젊은 사람들이 내가
짧은 바지를 입고 양말대님을 하고 길에서 자전거를
타고 가는 걸 보면 이렇게 말하지요: 저 미친 늙은이 좀
봐. 양말 멜빵도 없이, 양말이 자전거 쇠줄에 걸릴 수도

있을 텐데 그것도 생각 못 한단 말야. 파시스트들에게
있을 때 나는 정신병원에 있었고 그 결과 나는 금치산
선고를 받았고 그리고 지금은 다시 나야. 마리아, 탱고.
(그는 그녀의 허리를 잡고 그녀와 함께 원을 그리며 돈다)

마리아   내게 있어서도 항상 그랬죠. 나는 나를 금치산 선고를
내려야 할 정도로 심한 동맥경화 상태지요.

(그는 마리아를 놓아두고 선반 쪽으로 간다. 그는 아주 당연
하게 물건들을 꺼낸다: 그의 마음에 들지 않는 것은 옆으로
밀어 놓거나 뒤로 던진다. 마리아는 세탁 코너로 들어가서
시트 하나를 가져온다)

요셉   아스파라거스, 납을 너무 많이 함유하고 있고, 건강에
좋지 않지. 연어가 더 낫군. 상어 알, 틀림없이 소련제,
어떠한 경우에도 난 이걸 택하겠어. 소금 뿌린 과자는
목만 마르게 하지. 초콜릿을 씌운 말린 과일, 더 이성적
으로 들리는데.

(요셉은 점점 자명해지고 뻔뻔스러워진다. 그는 살펴보고 던
지거나 고른다. 마리아는 새 시트를 가지고 침대로 가서 씌

운다. 요셉은 물건을 양손에 한 움큼 쥐고 마리아에게 간다.
그리고 마리아 앞에 물건을 내민다)

마리아　알바니아에서 나는 한 자동차 판매상을 알게 되었는데
　　　　그도 그렇게 배포가 컸죠. 잠깐 요셉.

　　　　(그녀는 그녀의 종이봉투 쪽으로 가서 크리스마스 종이에 싼
　　　　꾸러미 세 개를 봉투에서 꺼낸다. 그녀는 그것을 요셉 앞에
　　　　내놓는다)

마리아　당신 거예요.

　　　　(요셉은 그것들을 바라본다)

마리아　천천히 펴보세요.

　　　　(요셉은 제일 큰 꾸러미를 편다)

마리아　이것은 내 아들을 위한 것이었죠.

　　　　(스웨터 하나를 꺼낸다. 요셉은 그것을 입는다. 그에게 한 치

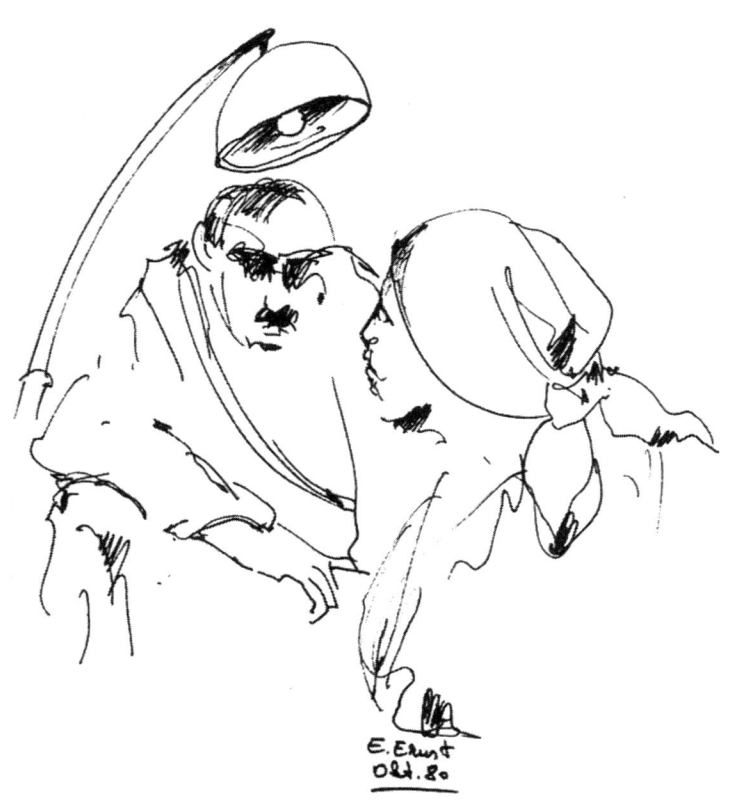

E. Ernst
Okt. 80

수 정도 크다. 그는 그 다음 꾸러미를 푼다. 그 속에 작은 향수병이 들어 있다. 요셉은 향수를 열어 그것을 약간 겨드랑이 밑과 귀밑에 두드려 바른다. 그는 세번째 꾸러미를 푼다. 전기로 된 장난감 기차가 보인다. 요셉은 기차를 손에 들고 마리아를 바라본다. 그는 그녀 앞에 무릎 꿇는다)

요셉   나의 사랑하는 아내. 운명은 내가 내 젊은 생을 마감했어야 함을 정해 놓았소. 난 이제 방금 내 사면이 거절당했음을 통지받았소. 어쨌든 이제 일이 행해질 테지. 나는 이 생으로부터 똑바로 그리고 침착하게 가려오. 왜냐하면 내가 나쁜 짓을 하지 않았음을 알기 때문이오. 내가 한 일에 대해 나는 부끄럽지 않소. 왜냐하면 착취당한 국민의 일을 위해 편을 든 것은 인간의 의무이기 때문이오. 나는 당신도 억압당한 인류에게 관심을 갖고 그 의견과 원칙을 공공연하게 주장한 한 사람을 남편으로 택했다는 사실을 부끄러워하지 않기를 바라오. 당신에게 많은 근심과 걱정을 끼쳤던 게 미안하오. 힘들게 부담으로 느끼지 말구려. 그렇지 않으면 헛된 일이었소. 마지막으로 모든 것에 대한 나의 진심 어린 감사를 받아주구려. 당신과 함께 지낸 일은 정말 아름다웠소.

마리아   당신 정말 미쳤구려. 하지만 시인이오.

(그녀는 그의 머리를 잡고 자기 무릎에 놓는다. 요셉은 흐느
낀다. 마리아는 그를 어린아이처럼 침대로 데려간다. 그녀는
그의 옆에 눕는다. 침묵)

마리아   당신 간지럼 타요, 요셉?
요셉   그건 모르겠는걸. 내가 나 스스로를 간지럽히지 않았
기 때문에.

(마리아가 그를 간지럽힌다)

마리아   아이가 간지럼 타나, 이 아이가 간지럼 타나?

(요셉은 '끙끙거리고' '껄껄 웃고' 그리고 거의 침대에서 떨
어진다)

마리아   맙소사, 당신 간지럼 타네요.
요셉   네, 굉장히.

(침묵. 두 사람은 서로 더 가까이 다가간다. 마리아는 자신의
머리를 그의 팔에 얹는다)

마리아   내 남편은 최근에 몹시 아팠어요. 그래서 물론 그 분야에서는, 우리들 사이에 가능하지 않았죠. 그가 죽은 후로, 지금 10년이 지났는데 물론 아무하고도 못했죠. 내 생각에 난 벌써 다 잊어버린 것 같아요.

요셉   그것과 관계된 나의 마지막 경험은 레닌그라드와 모스크바 사이를 왕래하는 기찻간에서였죠. 1956년 5월 15일에서 16일 되는 밤에. 나는 『진실』을 대부분 정기구독으로 팔았고 그런 것으로 소비에트 연방으로의 여행 기회를 얻게 되었지. 그러니까 나는 침대차에 누웠는데 내 위로 아주 멋진 여자 동지가 누웠지. 종교가 폐지된 까닭에 우리나라에서처럼 심리적 억압을 받지 않고 자유롭게 사랑할 수 있는 나라에서, 나는 야밤중에 그녀에게 손을 뻗었고, 그녀는 굉장히 흥분했지. 소련식으로… 사회주의에서도 모든 게 당연히 되어야 하는 것처럼 그렇게 되지는 않고… 하지만 당신의 피부는 부드럽군요. 마리아.

(침묵)

마리아   당신은 나를 40년 전에 알았어야 했는데. 요셉.

요셉	그때 난 배고픈 실직자였고, 폐병에 걸렸고 끊임없이 경찰서에 가 있었지. 당신은 틀림없이 그런 나를 쳐다 보지도 않았을 거야. 마리아. 어떤 여자도 나를 쳐다보지 않았지.
마리아	거슬러 생각해보자, 40년… 그땐 내가 엄마에게 카사블랑카에서 소포를 부쳤던 때였지요. 엄마는 그것을 받지 않았죠. 왜냐하면 엄마는 벌거벗은 몸을 남자들에게 보여준 딸로부터는 아무것도 받고 싶지 않다고 말했기 때문이에요.

(침묵)

마리아	가끔 난 모든 것이 처음부터 시작되기를 바라지요. 인생이 눈처럼 그렇게 하얗기를. 당신 우리가 어렸을 때 했던 그 놀이를 아세요, 요셉?
요셉	네, 아니요, 당신은 이로써 오히려 나의 비극적인 유년 시절을 알게 되었지.
마리아	세계가 사라지는 것 말이에요.
요셉	어떻게 된다고?
마리아	잘 들어보세요. 셋까지 셉니다. 하나 둘… 셋…
요셉	하나… 둘… 셋…

마리아　　눈을 꼭 감고 숨을 멈춰요. 꽉.

요셉　　꽉.

（두 사람은 눈을 감고 그들의 호흡을 멈춘다）

요셉　　（눈을 뜬다） 눈을 다시 뜨면 어떻게 되는 거지?

마리아　　（눈을 감은 채） 그럼 항상 원하는 것이 이루어지는 거죠.

요셉　　난 벌써 이 놀이를 끝냈군.

이 각본을 쓰기 전에 나는 30분짜리 TV 영화 시나리오를 썼다.
같은 제목으로, 같은 테마로.
빌리 페브니는 이것을 영화화해서 오스트리아 텔레비전 방송과
독일 제2TV에서 방영했다.

페터 투리니
Peter Turrini

그는 1944년 9월 26일 오스트리아의 케른튼 주의 상트—마가레텐에서 북 이태리 출신 가구사의 아들로 태어났다. 그는 케른튼 주의 마리아자알에서 성장하였고 클라푸르트에서 상업고등학교를 졸업하였다. 1963년부터 1971년까지 다양한 직업을 가졌다.

투리니는 그 작품이 현재 제일 많이 상연되고 있는 독일어 극작가이다. 1998년 『요셉과 마리아』의 개정작이 나온 것 외에 최근의 희곡 『마다가스카르의 사랑』과 소설 『요한 네포무크 네스트로이의 체포』가 있다. 그는 수많은 연극 작품, 시, 시나리오, 방송극, 소설, 연설문 등을 썼으며 그의 작품은 수많은 언어로 번역되어 세계 곳곳에서 공연되고 있다. 또한 여러 작품이 독일과 오스트리아 텔레비전에 방영되었고 영화로도 만들어졌다. 그는 1971년부터 20년에 걸쳐 여러 번 상과 훈장을 받았다.

투리니는 어떤 도발도 꺼리지 않는 작가이다. 독설적이며 강렬한 사회 관찰자로서 이 희곡 작가는 그의 작품으로 냉소적인 호소문을 집필하고 있다. 처음부터 적응하지 않았고, 틀에 얽매이지 않고, 반항적인 인생을 즐기며 살아가는 이 예술가는 1971년 비엔나 민중극장에서 초연된 『쥐 사냥』으로 돌출의 연극 작가로서 성공하기 전까지는 다양한 직업으로 어렵게 생계를 유지하였다. 도발과 공격적인 사회비판은 계속해서 그의 무대 작업을 특징지었다.

그는 1971년 일기에서 다음과 같이 기록하였다. "내면의 외침은 내가 이를 무대상에 올려놓으면 고요해질 거라 생각했다. 그러나 이것은 그 경우가 아니었다. 계속해서 외치고 있다." 6년 동안의 무대 공백을 깨고 1980년 가을 그라츠에서 연극 작품 『요셉과 마리아』가 초연되었다. 계속적으로 역사 속에서 도발하면서 무대 위에서 탐지하는 스캔들 투성이의 작품들(『시민들』과 『낙오자들』 같은)이 연속되었다.

투리니는 절대로 터놓지 않고 말 못하는 적이 없으며 공공연한 연설과 논쟁적인 에세이로 정치적인 논쟁에 계속해서 개입하고 있다. 그는 2000년 1월 케른튼 주지사 하이더로부터 주

정부 훈장 수여를 거부하였다. 지적인, 거친 언어와 도덕적인 열정으로 그는 계속해서 연극의 세계 — 하나의 세계, 그것 없이는 그가 살 수 없으며 무대 밖에서는 지금까지 발견하지 못한 세계 — 를 뒤흔들어놓고 있다.

투리니는 현재 비엔나와 레츠에서 살면서 프리랜서 작가로 활동하고 있다.

요셉과 마리아
Josef und Maria

1991년 12월 24일 성탄 전야 때 백화점에서 영업 마감 후에 노인병을 앓고 있는 백화점 경비원 요셉과 69세의 일용직 청소부 마리아가 만나게 된다. 두 사람에게는 일자리가 고독을 막아주는 보호벽이다.

그는 옛 공산주의자로서 여전히 사회주의의 승리를 꿈꾸며, 그녀는 한때 이류 나이트클럽의 댄서였으며 여전히 아름다운 삶을 꿈꾸고 있다.

고독한 두 늙은 사람 사이에 차츰 대화가 전개된다. 처음에는 단지 번갈아가며 독백을 할 뿐이다. 그는 한때 공산주의자로서의 정치적인 활동에 대해 그리고 극장에서 일했던 엑스트라 경력에 대해 이야기하고, 그녀는 버라이어티 쇼 댄서 시절의 과거에 대해 그리고 그녀의 가정문제에 대해 이야기한다.

차츰 두 사람은 의식을 깨고 더 가까워져서 함께 와인 브랜디를 마시고 탱고를 추고 차츰 그들 인생 이야기를 말한다. 주저하면서, 말을 더듬으며, 그들은 시간을 필요로 하고, 그들의 불안, 고정관념에서 벗어나기 위해 서로를 필요로 하고 있다. 말을 할 때만이 아니라 들을 때도, 그들은 서로가 용기를 발견하고 자유로워지는 데 성공한다―아마도 공동의 미래를 바라봄으로써. 종말에 가서는 백화점 침대에 도달한다.

'크리스마스 시기, 기적의 시기' ―그것은 거리가 멀다. 다시 한 번 마지막으로 백화점은 고객들에게 특별 할인을 선전한다. 플라스틱으로 된 크리스마스 구유처럼 씻을 수 있는, 꺼지지 않는, '플라스틱 크리스마스 트리', '그 위에 전기로 번쩍이는 조명으로 베들레헴의 별이 있는'. 지금 12월 24일 오후 소비조합장의 문이 닫힌다. 정적이 찾아온다―고요한 밤, 거룩한 밤? 아니, 아직 모두가 잠들지 않는다. 확성기에 대고 특별 할인을 떠들어댄 젊은 남자는 가버렸고 백화점 직원들 사무실에는 매장처럼 사람이 없다. 이때 한 나이 든 여인이 일을 시작하기 위해 등장한다. 청소를. 그녀는 외투 대신 작업복으로 갈아입고 물통에 물을 붓는다. 그녀는 배후에서 사라졌다가 술 한 병을 가지고 되돌아온다. 그녀는 술을 한 모금 하고 말한다: "왜 인간들은 현 상태의 그 정도일까?"

작가 투리니가 극중 인물들에게 묻게 한 것은 아우구스트 스트린베르크가 그의 『꿈의 연극』에서 신의 딸 인드라에게 말하게 한 탄식의 메아리처럼 울린다. "문제는 인간들에게 있다." 그들은 현재의 그들보다 더 좋은 인간들이 될 수 있었을 텐데—무엇보다 서로에게 그처럼 사랑 없이 대하지 않고, 자기 스스로에게 그처럼 무자비하지 않을 수 있었을 텐데, 투리니의 청소부 마리아는 그녀 아들의 가정에 대해 분노하고 있다. 특히 악한 며느리에 대해서. 그리하여 독백에 머물지 않고 그녀의 고민을 호소할 수 있는 한 인간이 나타나지만 그는 그녀보다 더 고독하다: 경비회사의 직원 요셉. "…모두가 잠들고, 외롭게 깨어서…"(이것은 크리스마스 노래 '고요한 밤 거룩한 밤' 의 가사) 크리스마스 송의 "거룩하고 신성한 부부"(주의 부모)에서 투리니의 작품 『요셉과 마리아』는 소시민의 평범한 한 쌍이 되었다. 물론 둘 다 모두, 한때 더 위대한 것을 꿈꾸었던 사람들이다: 마리아는 댄서로서의 명예를, 요셉은 공산주의 세계 혁명을. 텅 빈 매장의 크리스마스이브는 그들을 직업상 만나게 했고 그들의 고독을 공동의 것으로 변화시켰다. 그러나 아직도 그들은 우선 서로 알고 교감하는 것을 배워야 한다. "마지막 국제노동자연맹은 인권 쟁취를 합니다!"라고 요셉은 음성조종실의 마이크에 노래 부르며 마리아가 그와 연관을 갖고자 하는 것을 알아차리지 못한다.

1980년 비엔나 민중극장에서 초연되었고 1985년 베를린 민중무대에서 재연된 『요셉과 마리아』는 역사적인 변화를 고려한 개정판이다. 페터 투리니의 씁쓸한 연민의 정이 담긴 희비극은 타락한 사회에서 젊은 시절의 망상을 거의 들어주지 않는 두 인간의 말을 발언시킨다. "젊은이들은 우리들을 결코 좋아하지 않는다"라는 점에서 요셉과 마리아는 일치하고 있다. 하지만 우리는 나이 많은 인간에 대해 무엇을 알고 있는가?

　"상급관청에 아무것도 보고하지 않는 것에 익숙해진 오스트리아의 현 작가인 당신은 무언 속에 몸을 움츠리고 고독이 그들을 죽음으로 내몰 때까지 침묵할 것이다."

　투리니는 금기 깨기를 단행하며 노년층과 현명한 세계관의 사랑에 대해 말하며 돈의 여유가 없고 흥미도 없는 사람에게는 기쁨도 없는 차갑고 공허한 소비조합 세계에 가혹한 사회비판을 가한다.

　"어느 누구로부터 아무것도 남은 게 없다면 어느 누구에게 무엇이 남아 있겠습니까, 요셉 씨"라고 마리아는 묻는다. 그 대답을 요셉과 마리아는 각자 자신 안에서, 조심스럽게 그들 사이에 자체 내에 내재하여 생긴 가까운 것에서 찾고 있다. 투리니의 인물들은 그들에게 무엇인가 남아 있는 것을 위해 투쟁하고 있고 그들은 주목할 가치가 있다―언어의 진정한 의미 안에서.

종말에 가서는 마음을 서로 튼, 전혀 신성하지 않은, 매우 인간적인 두 사람은 침대에 눕는다. 두 손으로 눈앞을 가리고 무엇인가를 바라도 좋겠다. 소망이 이루어질까? 경보 사이렌이 울리고 경찰의 호각 소리 아니면 소방차 사이렌 소리, 그리고 마리아와 요셉은 그들의 꿈에서 깜짝 깨어난다. 이 사람들에게 해피엔드가 베풀어지지 않음이 유감이다. 그럼에도 불구하고 배우들에게는 아름다운 성공이었다: 환호, 혼란, 감사의 마음 등이 투리니와 그의 단원들을 무대 전면에 계속해서 나오도록 소리쳤다.

1944년 9월 26일, 케른튼 주 라반탈 지역 상 마가레텐에서
　　출생. 케른튼 주 마리아자알에서 성장.

1958~1963년, 상업 아카데미를 거쳐 클라겐푸르트에서 고
　　등학교 졸업.

1963~1971년, 다양한 직장 생활을 함.

1971년부터 프리랜서 작가로서 빈과 레츠에서 활동 중.

1971년, 빈 예술재단 문학 장려상 수상.

　　『쥐 사냥』 빈 민중극장 공연. 『제로제로』 빈 테아터
　　안 데어 빈 공연.

1972년, 『목구멍 속 경험』(소설)

　　케른튼 주 문학 장려상 수상.

　　『끝내주는 날』 다름슈타트 란데스 테아터 공연. 『돼

지 살육』 뮌헨 캄머슈필 공연.

1973년, 『주막집 여주인』 뉴른베르크 쇠우슈필 하우스 공연.

『영아살해』 클라겐푸르트 시립극장 공연.

『끝내주는 날』 출간. 『쥐 사냥』

1974년, 『돼지 살육』(희곡)

『폰 옵티칼. 테러. 구린』필라하 슈트디오 뷰네 공연.

1975년, 『시골학교 선생』

1976년, 〈알프스 전설〉 TV 시리즈 6부작. ORF, SRG, ZDF 방영.

빈 시 문학 장려상 수상.

1977년, 〈농부와 백만장자〉 TV 필름. ORF, WDR 방영.

〈쥐 사냥〉 케른튼 ORF 방송.

1978년, 『주막집 여주인』 독본. 희곡. 팜플렛. 필름 등의 모음집.

1979년, 오스트리아 국민교육 TV상 수상.

『영아살해』 연극 작품

1980년, 『알프스 전설』(3권), 『두어 걸음 뒤로』(시집)

『요셉과 마리아』 그라츠 공연.

〈요셉과 마리아〉 TV 필름. ORF, ZDF 방영.

1981년, 베를린 프라이 뷰네의 게르하르트 하우프트만 상 수상.

〈요셉과 마리아〉 빈 ORF 방송.

『시민들』 빈 민중극장 공연.

1982년, 『캄피엘로』 빈 민중극장 공연.

　　　　『캄피엘로』, 『시민들』

1983년, 『투리니 독본』 두 희곡 작품. 필름. 시 등의 모음집.

1984년, 〈호흡곤란〉 영화 제작

　　　　『청춘』(영화 각본)

1986년, 『좋은 나라』

1987년, 『파우스트 III』 빈 테아터 임 큐스틀러 하우스 공연.

1988년, 『일 못하는 사람들』 빈 아카데미 극장 공연.

　　　　『쥐 사냥』(희곡)

　　　　『일 못하는 사람들』, 『유혹. 노동자 전설』(시나리
　　　　오), 『나의 오스트리아』(연설. 논박. 논문), 『쓰레기
　　　　할머니. 노동자 전설』(시나리오)

　　　　문화교육부의 출판상 수상.

1989년, 『플래카드』 『노동자 전설』(시나리오), 『일 못하는 사
　　　　람들』(연극 작품)

　　　　〈끝내주는 날〉 빈 ORF 방송. 〈일 못하는 사람들〉
　　　　빈 ORF, 베를린 RIAS 방송.

1990년, 『죽음과 악마』

　　　　〈노동자 전설〉 TV 시리즈 4부작. ORF, ZDF 방영.

　　　　『죽음과 악마』 빈 황실극장 공연.

국제 연극 페스티벌 상 수상.

1991년, 『페터 투리니』 텍스트. 데이터. 화보.

〈귀에 평화〉 케른튼 주 ORF 방송.

1992년, 〈죽음과 악마〉 빈 ORF, 베를린 RIAS 방송.

『알프스 작열』(희곡)

1993년, 『알프스 작열』 빈 황실극장 공연. 『포르노 상점의 그릴팔저』 베를린 앙상블 공연.

『사랑의 이름으로』(시)

1994년, 〈알프스 작열〉 HF, ORF 방송. 〈포르노 상점 속의 그릴 팔저〉 HF, ORF 방송.

1995년, 『빈 주변의 학살』 빈 황실극장 공연.

『빈 주변의 살육』(연극 작품)

1996년, 『사랑하는 살인자! 현재와 연극과 사랑하는 신에 관해』

1997년, 『드디어 끝』(독백)

1998년, 『마다가스카르에서의 사랑』(연극 작품)

옮긴이는 1970년경 우연히 투리니의 희곡집 중에서 빈Wien 사투리로 된 『쥐 사냥Rozzenjogd』을 읽고 신선한 충격을 받았다. 이름도 알 수 없는 두 젊은 남녀가 오토바이를 타고 와, 역겨운 냄새가 나고 쥐도 드나드는 도시 변두리의 쓰레기 하치장에서 둘만의 시간을 갖고, 서로를 알기 위해 인간 소통을 가로막는 껍데기를 — 가발, 화장품, 담배, 액세서리 등 모든 소지품을 던져버리는 것으로 시작하여 옷까지 벗는다. 문명의 찌꺼기를 벗어버리기 위해.

이 작품으로 인해 이때부터 투리니에 관계되는 모든 것에 관심과 흥미를 갖게 된 동기가 되었다. 특히 그의 독설적이며 어떤 틀에도 얽매이지 않는 사회비평가로서의 삶, 소시민적 환경에 적응하지 않고 반항적인 삶을 즐기는 작가로서의 진정한 자유로움에 매료되었다.

1976년 그의 작품 『알프스 전설』이 TV 시리즈 6부작으로 독일, 오스트리아, 스위스에서 방영되어 많은 반향을 일으켰고 중견작가로서의 위치를 확고히 하였으나 우리나라에는 별로 알려지지 않았다. 다행히 오스트리아 연출가 크리스치안 슈파책과 임수택 씨의 공동 연출로 『쥐 사냥』이 성공리에 공연됨으로써 관객들이 투리니에 대해 새로운 관심을 갖게 되었다.

투리니가 새로운 각도로 조명한 이 작품 『요셉과 마리아』는 노년층의 소리 없는 고통을 대변해주고 있다. 두 주인공은 각자 젊은 시절에 성취하지 못한 꿈을 갖고 사회 저변으로 밀려난 고독한 늙은 남녀로서 작업장에서 만나 대화가 전개되지만 각자의 독백으로 메아리가 된다. 한때는 위대한 것을 꿈꾸었으나 고독만이 공통적으로 남은 이 두 노인네들을 우리도 충분히 공감할 수 있을 것이다.

그간 학생들의 연극을 지도할 때마다 독일 작품 선정에서 많은 어려움을 겪었는데 성대 출판부의 독일현대희곡선 발간 작업으로 어려움이 많이 해소되고 독일문학 발전은 물론 대학 연극과 일반 공연 문화에도 큰 공헌을 하리라 기대된다.

독일현대희곡선 II 총서 기획 이정준

요셉과 마리아

1판 1쇄 인쇄 2004년 9월 8일
1판 1쇄 발행 2003년 9월 15일
지은이 페터 투리니 **옮긴이** 김종희
펴낸이 서정돈 **펴낸곳** 성균관대학교 출판부
편집 전수련 **디자인** 강민주 **마케팅** 주혁상 **관리** 김지현
등록 1975년 5월 21일 제 1975-9호
주소 110-745 서울특별시 종로구 명륜동 3가 53
전화 02)760-1252~4 **팩스** 02)762-7452
홈페이지 www7.skku.ac.kr/skkupress

ⓒ 김종희, 2004

값 6,000원

ISBN 89-7986-566-X 04850
        89-7986-562-7 (세트2-2)

잘못된 책은 구입한 곳에서 교환해 드립니다.

✖ 독일현대희곡선 ❶

01 길쌈쟁이들
게르하르트 하우프트만 지음/전동열 옮김/164쪽/6,500원

독일 자연주의를 대표하는 작품으로 드라마 역사에서 현대극의 시초라 할 수 있다. 당시 법정과 의회에서 논란이 될 정도로 문학과 사회의 관계에서도 새로운 장을 연 기념비적인 작품이다. 하우프트만은 문학 내적, 외적 혁신성 속에서 괴테 이래 형성된 독일문학의 전통과 이념을 충실히 구현하려 하였다.

02 지령 · 판도라의 상자
프랑크 뷔데킨트 지음/이재진 옮김/232쪽/8,500원

비극의 제1부인 〈지령〉(1895)에서 사회의 밑바닥에서 비참한 생활을 하던 룰루가 점차 상류사회로 오른다. 이 과정에서 룰루의 남편은 차례로 죽는다. 제2부 〈판도라의 상자〉(1904)에서는 룰루가 파멸하는 과정을 보여준다. 뷔데킨트는 성문화 비판자, 성 혁명 선구자로서 20세기를 맞아 일어난 새로운 연극의 길잡이로 인정받았고 가장 현대적인 작가로 평가받는다.

03 사랑의 유희
아르투어 슈니츨러 지음/장미영 옮김/108쪽/4,000원

1895년 10월 9일 비인의 부르크 극장에서 초연된 3막 비극으로 슈니츨러의 첫 성공작이고, 당대 비인 풍속묘사가라는 슈니츨러의 이미지를 규정한 작품이다. 사랑과 유희가 빚어내는 양가적 비극성이 주제다. 관객의 정서적 감정이입을 진작하는 예술 기법으로 주제를 표현한다.

04 칼레의 시민들
게오르크 카이저 지음/장영이 옮김/124쪽/5,000원

독일 표현주의 시대의 시작을 알리는 작품이다. 카이저는 전쟁으로 암울했던 동시대의 독일 정치현실 속에서 역사 앞에 선 인간들의 모습과 인간개혁의 비전을 제시한다. 이 희곡은 로댕의 작품에 감명 받아, 역사적 사실을 근간으로 새롭게 창안한 작품이다. 새로운 시대의 출발을 시도하는 작가의 이념이 표현주의 언어양식을 통하여 부각된다.

05 아들
발터 하젠클레버 지음/장순란 옮김/신국판/130쪽/5,500원

1916년 독일 드레스덴에서 초연한 이래 최초의 표현주의 작품으로 호평받았다. 연극 비평가들은 이 작품을 혁명적 젊은이를 표현하는 희곡으로, 그 주제는 폭군적인 기성세대에 의해 배신당한 젊은이의 투쟁, 지배체제에 대한 항거, 권위주의에 대한 도전 등으로 해석하였다.

06 시민 쇱펠
칼 슈테른하임 지음/임수택 옮김/111쪽/4,500원

시민계급으로 상승하고자 애쓰는 프롤레타리아 쇱펠의 노력과 승리를 다룬다. 처절한 현실과 낭만적 유희가 교차하는 이 희곡에서 쇱펠의 삶은 영웅적인 것인가 아니면 자기 계급에 대한 배반인가, 시민계급의 일원은 왜 그의 상승을 저지하는 데 실패하는가 등 물음에 답을 구하면 인간과 현실에 대한 진실한 고백에 도달하게 될 것이다.

07 힝케만
에른스트 톨러 지음/정동란 옮김/95쪽/4,000원

부제는 '비극' 이다. 톨러는 이 작품에서 독일혁명이 실패한 원인을 프롤레타리아 대중의 행동방식에서 찾는다. 계급과 착취가 없는 사랑의 공동체를 꿈꾸었던 혁명가 톨러는 이 작품에서 혁명의 주체가 되지 못하는 프롤레타리아의 모습을 암울하게 그리고 있다. 주인공 힝케만의 비극은 그가 속한 사회의 비극을 보여준다.

08 도시의 정글 속에서
베르톨트 브레히트 지음/정초왕 옮김/120쪽/4,500원

1960년대 이후의 공연들을 통해 선구적인 현대성을 입증하여 젊은 브레히트에 대한 관심을 촉발시킨 작품이다. 브레히트는 비인간적인 현대 대도시의 정글 속에서 고립된 인간의 소통수단으로 싸움 대신에 언어 대신에 투쟁을 도입한다. 그러나 가장 원초적이고 직접적인 교제방식인 투쟁마저도 이미 우애나 사랑처럼 도달할 수 없는 목표가 되어 버렸다.

09 제3국의 공포와 참상
베르톨트 브레히트 지음/이승진 옮김/208쪽/8,000원

서로 다른 이야기 27개로 구성되었다. 이 희곡에는 아들이 자신들을 밀고할까봐 공포에 떠는 부모, 남편을 믿지 못하는 부인, 고기 대신 자신의 몸뚱이를 걸어놓는 정육점 주인 등 다양한 인물이 등장한다. 브레히트는 이들을 몽타주처럼 편집하면서, 제3국이 허위와 불신의 체제를 통해 독일인들을 공포와 참상 속으로 몰아넣는 모습을 사실적으로 보여주고 있다.

10 쾨페닉의 대위
칼 추크마이어 지음/윤도중 옮김/188쪽/7,500원

시대배경은 제1차 세계대전 발발 직전이다. 소박하고 평범한 제화공이 군국주의와 관료주의가 지배하는 독일 사회체제 속에서 군국주의의 무기가 되어 범죄자로 전락하는 모습을 보여준다. 군국주의의 허점을 폭로하고 통렬하게 비판함으로써 군국주의와 나치의 위험을 경고한다.

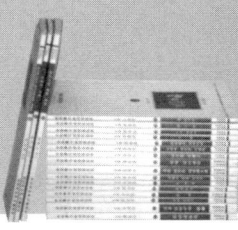

독일 현대 희곡 연구의 새로운 출발점이자
'시대의 거울'인 드라마를 통해 현대 사회와 문화의
세부를 생생하게 조명하는 시리즈입니다.
—총서기획 이정준

11 심해의 물고기
마리루이제 플라이써 지음/이정준 옮김/136쪽/5,500원

인간의 갈등과 투쟁을 적나라하게 묘사한다. 남녀문제를 심
각하고 진지하게 다룬 작품으로 1930년대 독일문학계의 암
투와 당시 여성관을 엿볼 수 있다. 브레히트의 〈도시의 정
글〉, 입센의 〈인형의 집〉에 필적하는 문제작이자 플라이써
의 대표작이다.

12 비엔나 숲속의 이야기
외된 폰 호르바트 지음/김정용 옮김/132쪽/5,500원

소시민의 악마적인 허위의식을 날카롭게 폭로, 비판하는 민
중극이다. 나치즘의 등장을 경고한 극작품으로서 전 세계에
서 번역되고 상영되었다. 38세로 짧은 생애를 마감한 호르바
트는 1970년대에 재발견되어 현재는 브레히트에 버금가는
독일어권의 대표적인 민중극 작가로 평가받는다.

13 비더만과 방화범들
막스 프리쉬 지음/봉원웅 옮김/118쪽/4,500원

물질만능주의에 빠져 자신의 안녕만을 추구하는 소시민이
어떻게 정치적 방화범과 타협하고, 파멸하는지 보여준다. 비
더만은 자신의 다락방에 잠입하여 위험한 계획을 진행하는
두 방화범과 친구관계를 맺어 화를 모면하려고 하나, 신뢰의
징표로서 성냥까지 건네줌으로써 자신과 도시를 파멸로 몰
고 간다.

14 혜성
프리드리히 뒤렌마트 지음/이경미 옮김/110쪽/4,500원

뒤렌마트는 이 작품 속에서 우연한 계기를 최대한으로 절대
화하는 가운데 코미디의 가능성을 극대화한다. 동시에 계몽
주의 이후의 합리적, 경험적 가치체계들에 대한 날카로운 분
석과 비판의 근거를 마련해준다. 이 작품에서는 대부분의 전
기 작품에서 보인 혼란스럽고 불가해한 세계에 맞서 외롭게
투쟁하는 용감한 인간이라는 양극화된 구도는 더 이상 나타
나지 않는다.

15 마라와 사드
페터 바이스 지음/이상일 옮김/신국판/108쪽/4,000원

정치적 사유의 인간, 폭력주의자, 마르크스의 원형으로서 민
중극작가 마라와 극단적 개인주의자, 중도파, 프로이트의 원
형으로서 귀족 문인 사드 후작의 대립과 토론이 주축이다. 바
이스는 이 작품 이후 고발의 작가, 기록의 작가, 비판의 작가,
사회참여 작가로서 명성을 확고히 한다.

16 카스파
페터 한트케 지음/임호일 옮김/132쪽/5,500원

한트케가 창작한 언어극 다섯 편 가운데 마지막 작품이다. 언
어유희를 통한 언어비판이 주제이다. 인간의 정체성을 담보
한다고 믿었던 언어가 질서라는 이름으로 인간의 정신세계
를 획일화해 오히려 인간의 정체성을 말살할 수 있음을 역설
한다.

17 시간과 방
보토 슈트라우스 지음/김형기 옮김/84쪽/4,000원

기계적이고 즉물적이며 물신화된 산업사회를 살아가는 동시
대인들의 삶을 보여준다. 계몽주의와 이성중심주의, 경제주
의에 압도당한 인간 내면의 가치, 정신적 힘을 독자와 관객의
기억 속에서 불러일으킨다. 도이치 신 주관주의 희곡의 백미
로 꼽을 만하다.

18 보리스를 위한 파티
토마스 베른하르트 지음/변학수 옮김/126쪽/5,000원

전통적인 극의 특성을 거의 보여주지 않으며 등장인물도 개
성이 없는 무의미한 존재이다. 사건진행도 없고 극은 자의적
으로 종결되며 아무런 결론도 제시되지 않는다. 세계와 인간
실존의 모순, 인간의 냉담과 무기능만이 자선부인이라는 인
물의 강박적 편집증에 체현된다.

19 힌째와 쿤째
폴커 브라운 지음/최석희 옮김/86쪽/4,000원

두 번의 전쟁, 패허에 직면하고 먹을거리를 찾아 헤매는 미장
이 힌째는 모든 것을 한꺼번에 변화시키려 한다. 이러한 힌째
에게 불만스러운 상황을 극복하기 위한 진정한 길을 가르쳐
주고 함께 변화시키는 사람이 바로 쿤째이다. 이끄는 자와
이끌리는 자 사이의 모순, 사회주의 건설을 위해 어디까지 개
인이 희생해야 하는가를 다룬다.

20 게르마니아3
하이너 뮐러 지음/이상복 옮김//90쪽/4,000원

뮐러의 마지막 작품으로 부제는 '죽은 남자 곁의 유령들'이
다. 1995년에 세상을 뜬 지은이의 독일역사에 대한 끈질긴
대결의식이 집합되었고, 나치시대·동독시대·통일독일시
대에 이르는 독일 현대사를 관통한다. 국가사회주의와 사회
주의 체제의 역사적 상호연관성이 더욱 구체적인 테제를 바
탕으로 제시된다.